选堂诗墨评注

饶宗颐 著
陈韩曦 翁艾 注译

南方出版传媒
花城出版社
中国·广州

羁旅集

图书在版编目（CIP）数据

羁旅集 / 饶宗颐著；陈韩曦，翁艾注译. -- 广州：花城出版社，2015.9
（选堂诗词评注）
ISBN 978-7-5360-7640-2

Ⅰ. ①羁… Ⅱ. ①饶… ②陈… ③翁… Ⅲ. ①古体诗－诗集－中国－当代 Ⅳ. ①I227

中国版本图书馆CIP数据核字(2015)第211029号

出 版 人：詹秀敏
策划编辑：詹秀敏
责任编辑：李　谓　杜小烨
技术编辑：薛伟民　凌春梅
装帧设计：王　越
图片来源：饶清芬　陈韩曦
　　　　　香港大学饶宗颐学术馆
图片编辑：曾雅丽

书　　名	羁旅集 JILÜ JI
出版发行	花城出版社 （广州市环市东路水荫路11号）
经　　销	全国新华书店
印　　刷	佛山市浩文彩色印刷有限公司 （广东省佛山市南海区狮山科技工业园A区）
开　　本	787毫米×1092毫米　16开
印　　张	12　4插页
字　　数	200,000字
版　　次	2015年9月第1版　2015年9月第1次印刷
定　　价	39.00元

如发现印装质量问题，请直接与印刷厂联系调换。
购书热线：020-37604658　37602954
花城出版社网站：http://www.fcph.com.cn

1960年，饶宗颐在香港新界青山

2002年，饶宗颐在美国波士顿

1983年,饶宗颐在香港中文大学

2006年,日本学者水源渭江教授到香港拜访饶宗颐

目　录

狮子山坐对朝昏，悠然成咏/1
曾酌霞招游粉岭未果/4
得友书　用东坡故人信至齐安韵/6
董彦堂远滕所著殷历谱报之以诗/8
东海行　甲午夏东渡扶桑海上作/10
四十初度，李君栩厂集杜四律枉赠，曾君履川书为长轴，良朋高谊，依韵奉报。/12
颙园挽诗/16
七月六日向夕与诸生泛海至清水湾舟上杂诗/19
长歌行和徐文镜/24
为吴仲舆题白鹦鹉碑拓本　碑在韩山韩祠，清潮州知府龙为霖摹泐上石/28
答中田勇次郎京都，兼简多纪颖信大原。用杜公听许十诵诗韵/31
岛上大风止后聊短述/34
诗心四首/37
与佣石翁别六年，顷书来云，以沽酒自活。感成一律。/41
为陈仁涛题谿山兰若图/42
又为题梨花山鹊图/44
偶作示诸生　二首/45
赠别独峰兼贻汉翘/47
选堂晚兴/49
雅琴篇示因明　和唐司马逸客原韵/51

赠吴纯白 /55

听吕振原弹琵琶 /57

鼓琴寄蔡德允 /58

听梁高阳挡筝 /60

正月三日选堂琴会 /62

吉川善之教授宿热海草宋诗概说，录贻近制，赋此奉报，并东神田小川两博士 /64

张谷雏命题所度潘冷残画卷 /66

圣诞大伤风，杜门偃卧。越二日，俭甫招雪曼伉俪同游新巴黎农场。至则卉木向荣，群动飞潜，饶有生意，积痾为之顿失。归来读东坡和子由园中草木，走笔依韵，得十一首。 /69

汤展云挽词　用东坡李台卿韵 /80

山椒看日落　用昌黎南溪韵三首 /82

读陶公乞食诗 /87

题冰谷风榆图为丕介 /89

题日本摹刻韩干圉人呈马图 /92

楚缯书歌　次东坡石皷歌韵 /95

王贯之见余游尼亚加拉瀑布诗，以半痴诗禅观瀑十首相示，因用坡翁百步洪韵，赓作长句。 /102

棪斋来书论白石词，举暗水溜碧句。忆秋日多伦多同游马蹄瀑，涓流巨浸，小大相较，顿兴齐物之思，因再步前韵却寄。 /105

诗成二日，与画师萧三同游梅窝银矿潭，竹树荒翳，涧水清浅。余笑语：梅窝无梅，须君写桃下种矣！归途口占，戏为此诗，三叠前韵。 /108

鹿苑高处晚眺　四叠前韵 /110

青山访僧不遇，向夕泛舟返旧墟，五叠前韵 /112

青山禅寺鼓琴次曾履川风字韵 /114

论画再次履川风字韵/119

题曾酌霞渊默雷声集/124

与桪斋北沟摩挲器物，䌷读书画，不觉浃旬，庄尚严那志良二君冒风雨饬人辇散氏盘相示，意尤可感，因纪以诗。/126

北美绝句赠杨莲生/128

又和莲生/129

广岛夜吊和平冢/130

池田末利教授偕游宫岛，归舟中作/132

初抵广岛赋赠小尾郊一/134

读桪斋诗稿五色印本，即仿其体制题首。 切韵平声之韵脂韵分用古音之部脂部/136

群贤送别效桪斋体 切韵平声之韵古音之部/138

次韵桪斋玉湖有忆 切韵平声文韵古音真部/139

雪霁冰兔（Banff）诸峰改观，桪斋填玲珑四犯以寄湖山寥寂之感。余既继声，复效其体，续为长句。 切韵平声钟韵古音东部/140

玉湖山椒千枝含雪，真吴仲圭所谓万玉藂也。手写粉本以归。 切韵平声宵韵古音肖部/141

和桪斋江户行 切韵平声微韵古音脂部/143

中元节檀香山"蕙期期"（Waikiki）城和桪斋有约不赴/144

加拿大自冰兔（Banff）挪伽山（Nargnag）山麓，挟纩乘缆凳悬渡绝顶，下临无地，逾七千尺。桪斋为印第安少女造像，余亦得环山画稿数十。/145

别路易士湖/146

美澜（Takakkaw Falls）涯畔，读桪斋次声步韵清真少年游。/147

李弥厂荷上斋展观海藏楼七十生日谢客诗稿，及唐李郢自书诗长卷，敬和二首。/148

寄桪斋伦敦，兼讯殿爵，次和刘孝绰韵略效其体。/150

苏圃文擢过我有诗枉赠，叠前韵奉报。/152

饯岁和少帆文擢并呈孝若翁三叠前韵/154

梣斋书云：伦敦郊居，门外积雪七尺，方霁复降，穷庐呕诗，吹律嘘暖。四叠前韵。题其新什。/156

叔雍归自南溟，趋访不晤。相过又不值，赋此奉约。兼示尤光敏、梁荣基二生。五叠前韵。/158

大埔遁翁山居和石禅/160

元日和作/161

和文擢/162

步栩厂集义山诗原韵送叔雍南归，偶读晋书袁宏传故及之。/163

印禅惠贶拟九龙山人写竹次韵/164

次韵和梣斋读韩诗二首/165

题锦堂蝶队图。时辛丑春暮，层楼挑灯，正雨横风狂时也。/168

昂坪二首/169

晓行/171

下山/172

梅窝道中/173

华严泷放歌次青莲将进酒韵/174

徐福墓/176

谢霖灿惠摩些文书并墨竹次李白仙诗韵/177

后饮酒十首和方密之用陶公韵/179

狮子山坐对朝昏，悠然成咏

窥牖狮子山，当头一棒喝。
揖我如大宾①，见我如拄笏②。
我行方施施③，日来步林樾④。
郊卉靓吐妍，斑鲜纷清发⑤。
晨兴⑥寂无人，鸟啼山欲活。
烹茶扪虱⑦坐，面壁书空咄⑧。
夜半山雨来，诸峰翠似泼。
有时层阴⑨生，云过山竟没。
果有负而趋⑩，恍兮极通侻⑪。
乃知大无外⑫，何处有凹凸。
建以常无有⑬，乾坤此秀骨⑭。
供养得朝霞，从之餐野蕨。

注释：

①大宾：周王朝对来朝觐的要服以内的诸侯的尊称。《论语·颜渊》："出门如见大宾，使民如承大祭。"
②拄笏：南朝·宋·刘义庆《世说新语·简傲》："王子猷作桓车骑参军。桓谓王曰：'卿在府久，比当相料理。'初不答，直高视，以手版拄颊云：'西山朝来，致有爽气。'"按，手版，即笏。后以"拄笏看山"形容在官而有闲情雅兴。亦为悠然自得貌。
③施施：徐行貌。《诗·王风·丘中有麻》："彼留子嗟，将其来施施。"毛传："施施，难进之意。"郑玄笺："施施，舒行伺闲，独来见己之貌。"
④林樾：林木；林间隙地。唐·皮日休《桃花坞》诗："龛缘度南岭，尽日寄林樾。"
⑤清发：清明焕发。《三国志·魏志·管辂传》"年四十八"裴松之注引《管辂别传》："〔管辂〕自言：'与此五君共语，使人精神清发。'"
⑥晨兴：早起。汉·刘向《说苑·辨物》："黄帝即位……未见凤凰，维思影

像，凤夜晨兴。"

⑦扪虱：前秦王猛少年时很穷苦。东晋大将桓温兵进关中时，他去谒见，一面侃侃谈天下事，一面在扪虱，旁若无人。桓温见他不凡，问他：我奉天子之命讨逆，"而三秦豪杰未有至者何也"？王猛说：你不远数千里而来，但"长安咫尺而不渡灞水"，百姓还不知你到底要怎么样，所以不至。桓温无言以对。见《晋书·王猛传》。后以"扪虱"形容放达从容，侃侃而谈。

⑧书空咄：书空咄咄为叹息、愤慨、惊诧的典实。语出南朝·宋·刘义庆《世说新语·黜免》："殷中军被废，在信安，终日恒书空作字。扬州吏民寻义逐之，窃视，唯作'咄咄怪事'四字而已。"

⑨层阴：指密布的浓云。唐·李商隐《写意》诗："日向花间留返照，云从城上结层阴。"

⑩负而趋：背负带走。西汉·刘安《淮南子》卷二《俶真训》："夫藏舟于壑，藏山于泽，人谓之固矣。虽然，夜半有力者负而趋，寐者不知，犹有所遁。"

⑪通侻：放达不拘小节。《三国志·魏志·王粲传》："表以粲貌寝而体弱通侻，不甚重也。"

⑫大无外：大到极点，外无以加。战国·宋·庄周《庄子·天下》："至大无外，谓之大一；至小无内，谓之小一。"

⑬常无有：恒先无有。《庄子·天下》："关尹、老聃闻其风而悦之，建之以常无有，主之以太一，以濡弱谦下为表，以空虚不毁万物为实。"复旦大学裘锡圭教授在复旦学报（社会科学版2009年第1期）有关于《说建之以常无有》之论文，此处翻译参考其文。

⑭秀骨：不凡的气质。唐·杜甫《八哀诗·赠左仆射郑国公严公武》："巍然大贤后，复见秀骨清。"

浅解：

此诗饶公描绘了清晨狮子山中超俗之景，并由景及情。以庄子"建之以常无有"反映脱俗之情怀，豁达之心态。

简译：窗台窥探狮子山峰，其险峻如当头棒喝。向我作揖以礼相待，闲情雅兴心中萌生。我于其中缓缓而行，日头移影穿越林隙。百花争妍生气勃勃，鲜艳斑驳清明焕发。清晨早起空寂无人，众鸟争啼群山复苏。烹茶扪虱悠然而坐，读书吟诗化解不平。夜半时分山雨袭来，诸峰翠绿如水泼洗。时而山中浓云密布，云过之处山没其中。果有负而趋走之事，通达脱俗难以说清。方可知道至大无外，哪里辨得凹凸之别？万物建于恒先无有，天地弥漫不凡之气。绚烂朝霞滋养我辈，随山饱餐野外之蕨。

曾酌霞①招游粉岭②未果

近界青山好，服车③了无艰。
如矢④开坦途，削去山巉岏⑤。
禾黍⑥方油油⑦，绿遍千里原。
绝似履故乡，每到辄盘桓⑧。
曾生欣见招，更欲穷跻攀⑨。
同为人事役⑩，浮云不与闲。
神游⑪已自足，霞采绚林峦。
极目惟苍烟⑫，海市幻螺鬟⑬。
入冬风变楚，四国纷触蛮⑭。
嗟尔山中人，求隐未得安。
且掬山下泉，聊以涤肺肝。

注释：

①曾酌霞：香港诗人，其作品多为旧体诗词。
②粉岭：粉岭位于香港新界东北部，与上水、打鼓岭和沙头角同属于1979年成立的北区行政区。粉岭名字的由来，与区内一座名叫大岭山的地方有关。相传山上有一块石壁，雪白如粉，居于附近的乡民，便称之为"粉壁岭"，位于附近的乡村，便成为粉壁岭村。在天旱时，乡民会带备三牲酒礼，跑到壁前祈求天降甘霖。据说由于有求必应，村民渐渐称这座山为"灵山"，现在香港的地图也显示灵山的位置。山既已改名，粉壁岭村也被简称作"粉岭村"，粉岭也就逐渐成为灵山附近一带的名称。
③服车：驾车。《左传·哀公二十七年》："今君命女以是邑也，服车而朝，毋废前劳。"
④如矢：疾如飞矢，像箭般快。
⑤巉岏：高峻的山峰。《楚辞·刘向〈九叹〉》："登巉岏以长企兮，望南郢而窥之。"王逸注："巉岏，锐山也。"
⑥禾黍：禾与黍。泛指黍稷稻麦等粮食作物。《史记·宋微子世家》："麦秀

渐渐兮，禾黍油油。"

⑦油油：形容浓密而饱满润泽。

⑧盘桓：徘徊；逗留。《文选·班固〈幽通赋〉》："承灵训其虚徐兮，伫盘桓而且俟。"李善注："盘桓，不进也。"

⑨跻攀：犹攀登。唐·杜甫《白水县崔少府十九翁高斋三十韵》："清晨陪跻攀，傲睨俯峭壁。"

⑩事役：劳役。汉·徐干《中论·民数》："事役既均，故民尽其心而人尽其力。"

⑪神游：谓形体不动而心神向往，如亲游其境。《列子·黄帝》："昼寝而梦游于华胥氏之国。华胥氏之国在弇州之西，台州之北，不知斯齐国几千万里，盖非舟车足力之所及，神游而已。"

⑫苍烟：苍茫的云雾。唐·陈子昂《岘山怀古》诗："野树苍烟断，津楼晚气孤。"

⑬螺鬟：盘旋直上、云烟缭绕之状。指云烟缭绕的山峰。

⑭触蛮：《庄子·则阳》："有国于蜗之左角者曰触氏，有国于蜗之右角者曰蛮氏。时相与争地而战，伏尸数万。"触和蛮，古代寓言中蜗牛角上的两个小国。后以"触蛮"称因争细微私利而兴师动众。

浅解：

曾酌霞邀赏粉岭，因故未能实现。由此引发了饶公的感叹，人生在世，无法如浮云般悠然自得，世事纷乱，人即使有归隐之心也难绝尘世。正如《史记·孔子世家》："虽不能至，然心向往之。"所以说，能够保持脱俗的心态也是好事。

简译：近界青山如此美好，驾车长驱无艰无险。大道坦途疾如飞矢，高峻山峰如被削去。黍稷稻麦浓密饱润，千里平原一片碧绿。恍如回到久违故乡，每到之处流连忘返。曾生见我欣然招手，欲邀我同登上峰顶。同在人间辛苦劳役，无法清闲效法浮云。心神向往已然自足，彩霞映衬山林峰峦。目极之处尽是云烟，盘旋缭绕如梦如幻。渐入冬季风亦柔和，四方如此兴师动众。感叹这山中之人啊，有心归隐未得安宁。且让我掬捧泉水，清洗我那浑浊肺肝。

得友书　用东坡故人信至齐安韵①

晞发②睇荒原，朝衣涂炭③上。
北鄙④花门⑤警，千里递边饷⑥。
孤坐念莼羹⑦，夷居⑧厌蒟酱⑨。
冬暖峤花明，风霾⑩海成瘴。
苍然平楚间⑪，我怀兀何向。
故人风义⑫笃，耿耿⑬问无恙。
忍古⑭甘徂荒⑮，听鼙思武帐⑯。
洒泪恐成河，一夜心头涨。

注释：

①故人信至齐安韵：宋·苏轼《杭州故人信至齐安》诗韵。
②晞发：晞发，本指把洗净的头发晾干，后亦指洗发。据周密《齐东野语》记载：赵孟坚修雅博识，人比米芾，以游适书画为乐，曾与周草窗各携书画，放舟湖上，相与评赏，饮酣，子固脱帽，以酒晞发，箕踞歌《离骚》，旁若无人。
③涂炭：泥淖和炭灰。喻污浊之地。亦谓污浊。《孟子·公孙丑上》："立于恶人之朝，与恶人言，如以朝衣朝冠，坐于涂炭。"
④北鄙：北方边境地区。《左传·隐公元年》："既而大叔命西鄙、北鄙二于己。"杜预注："鄙，郑边邑。"
⑤花门：山名。在居延海北三百里。唐初在该处设立堡垒，以抵御北方外族。天宝时为回纥占领。后以"花门"为回纥的代称。唐·杜甫《哀王孙》诗："花门剺面请雪耻，慎勿出口他人狙。"
⑥边饷：犹边粮。《宋史·食货志上一》："不知今日国用边饷，皆仰和籴。"
⑦莼羹：用莼菜烹制的羹。《晋书·陆机传》："尝诣侍中王济，济指羊酪谓机曰：'卿吴中何以敌此？'答云：'千里莼羹，未下盐豉。'时人以为名对。"又，张翰在西晋齐王冏的幕下，因秋风起而思食江东莼羹，因而离开了齐王。"

⑧夷居：犹箕踞。形容倨傲无礼。《书·泰誓上》："惟受罔有悛心，乃夷居弗事上帝神祇，遗厥先宗庙弗祀。"
⑨蒟酱：蒌叶，也指用蒌叶的果实做的酱。晋·嵇含《南方草木状·蒟酱》："蒟酱，荜茇也。生于蕃国者，大而紫，谓之荜茇；生于番禺者，小而青，谓之蒟焉。可以调食，故谓之酱焉。"
⑩风霾：指风吹尘飞、天色阴晦的现象。《魏书·崔光传》："昨风霾暴兴，红尘四塞，白日昼昏，特可惊畏。"
⑪苍然平楚间：谓从高处远望，丛林树梢齐平。南朝·齐·谢朓《宣城郡内登望》诗："寒城一以眺，平楚正苍然。"
⑫风义：犹情谊。宋·苏轼《与陈季常书》之十二："先生笃于风义，至自割瘦胫以啖我，可谓至矣。"
⑬耿耿：诚信貌。汉·刘向《九叹·惜贤》："进雄鸠之耿耿兮，谗介介而蔽之。"
⑭忍古：谓坚守古道。唐·孟郊《秋怀》诗之十四："忍古不失古，失古志易摧。"
⑮钽荒：钽，同"锄"，指开辟荒地。
⑯武帐：置有兵器的帷帐。帝王或大臣所用。《汉书·汲黯传》："上尝坐武帐，黯前奏事，上不冠，望见黯，避帷中，使人可其奏。"

浅解：

饶公以服役之人的口吻，抒发喜得友人书信之欢心与惆怅。反映其思家思友之情以及特立独行之精神境界。

简译：梳理头发睇望荒原，朝衣布满泥土炭灰。守卫北方花门之地，运载边粮千里驰援。独自静坐思念莼羹，清高厌倦蒟酱之食。暖冬山花明艳争妍，风吹尘飞海生瘴气。高处远望林树齐平，我心兀然向往何方？故友对我情谊深厚，耿耿真心传达问候。坚守古道开辟荒境，听着鼓声思念军帐。泪眼不止恐汇成河，夜不能寐心头澎湃。

董彦堂①远媵所著殷历谱报之以诗

九州共识邯郸淳②,能读契龟③接典坟④。
汲冢竹书⑤难辑缀,尧年⑥巧历⑦极纷纭⑧。
何人稽古追秦近,许我问奇向子云⑨。
牢落山川空爱宝,清风兰蕙⑩为谁薰。

注释:

①董彦堂:即董作宾,世称甲骨文泰斗。罗雪堂(振玉)、王观堂(国维)、董彦堂(作宾)、郭鼎堂(沫若),并称"甲骨四堂"。

②邯郸淳:三国魏书法家。卫恒《四体书势》古文序云:"自秦用篆书,焚烧先典,而古文绝矣。汉武帝时,鲁恭王坏孔子宅,得《尚书》、《春秋》、《论语》、《孝经》,时人已不复知有古文,谓之科斗书,汉世秘藏,希得见之。魏初传古文者,出于邯郸淳。"

③契龟:契刻甲骨文。

④典坟:三坟五典的省称。指各种古代文籍。《淮南子·齐俗训》:"衣足以覆形,从典坟,虚循挠便身体,适行步。"

⑤汲冢竹书:晋太康二年,汲郡(今河南汲县)一个叫不准的人盗掘魏襄王墓(或言安釐王冢)所得的数十车竹书。内有《纪年》、《易经》、《易繇阴阳卦》、《卦下易经》、《公孙段》、《国语》、《名》、《师春》、《琐语》、《梁丘藏》、《缴书》、《生封》、《大历》、《穆天子传》、《图诗》,及杂书《周食田法》、《周书》、《论楚事》、《周穆王美人盛姬死事》等,共计七十五篇。竹书皆先秦科斗字。晋武帝命荀勖撰次,以为《中经》。原简早已不传。参阅《晋书·束皙传》、《荀勖传》。

⑥尧年:古史传说尧时天下太平,因以"尧年"比喻盛世。南朝·梁·沈约《四时白纻歌·春白纻》:"佩服瑶草驻容色,舜日尧年欢无极。"

⑦巧历:此指董彦堂之殷历谱。

⑧纷纭:多盛貌。《汉书·司马相如传下》:"威武纷云,湛恩汪濊。"

⑨问奇向子云:子云,扬雄(公元前53—公元18年),字子云,蜀郡成都人。《汉书·扬雄传下》:"间请问其故,乃刘棻尝从雄学作奇字……雄以

病免,复召为大夫。家素贫,嗜酒,人希至其门。时有好事者载酒肴从游学,而巨鹿侯芭常从雄居,受其《太玄》、《法言》焉。"后以"载酒问奇字"谓人勤奋好学。

⑩兰蕙:兰和蕙。皆香草。多连用以喻贤者。《汉书·扬雄传上》:"排玉户而扬金铺兮,发兰蕙与穹穷。"

浅解:

当年邯郸淳能写古文字,扬雄能作奇字,而既能读懂契刻甲骨文又能编撰的人绝无仅有,董彦堂却皆能为之,不得不令人佩服。饶诗从侧面衬托董彦堂殷历谱之超绝,又以"兰蕙"香草表现其脱俗高雅之品格,以表达自己的敬意。

简译: 九州谁人不识邯郸淳君,殷代契刻古籍皆能读懂。汲冢竹书难以编辑撰写,彦堂超群的巧历横空出世。何人考察古事直追秦汉,容我讨教子云奇字之法。只慕幽山不爱奇珍异宝,清风吹拂兰蕙为谁而生。

东海行　甲午夏东渡扶桑海上作

风吹雨脚①天尽头，我行忽尔到东海。
去去谁能挽逝波②，倚天尚有鲁戈③在。
向夕风恬北斗低，寥天阔远无雁飞。
南北东西底处所，坐拥海天碧合围，
舟行渐觉六合④小，齐烟九点⑤连云杳。
心宽白日撼波涛，目尽青天无昏晓。
随风且理发冲冠，中原弥望⑥气如山。
凭栏试抹登临眼，独对孤云袖手闲。

注释：

①雨脚：密集落地的雨点。唐·杜甫《茅屋为秋风所破歌》："床头屋漏无干处，雨脚如麻未断绝。"
②逝波：指一去不返的流水。唐·贾岛《送玄岩上人归西蜀》诗："去腊催今夏，流光等逝波。"借指流逝的光阴。
③鲁戈：《淮南子·览冥训》："鲁阳公与韩构难，战酣日暮，援戈而挥之，日为之反三舍。"后以"鲁阳戈"谓力挽危局的手段或力量。
④六合：天地四方；整个宇宙的巨大空间。《庄子·齐物论》："六合之外，圣人存而不论；六合之内，圣人论而不议。"
⑤齐烟九点：唐·李贺《梦天》："遥望齐州九点烟，一泓海水杯中泻"，"齐烟九点"即由此诗句演化而来。诗中"齐州"本指中国，清代人因济南古称齐州，便借用该诗句描绘济南的山景。此诗亦借指山景。
⑥弥望：充满视野；满眼。《汉书·元后传》："大治第室，起土山渐台，洞门高廊阁道，连属弥望。"

浅解：

　　饶公东渡日本，于海上所见所感，诗中蕴含着对家乡和故人的思念，以及对光阴易逝的感慨。对于此事，饶公能坦然面对，"心宽白日撼波涛，目尽青天无昏晓。""独对孤云袖手闲",不沉溺于忧愁孤独之中,"随风且理发冲冠",看似随波逐流实则豁达开朗。

简译:狂风吹拂阴雨连绵无尽,我不知不觉已到达东海。越行越远谁能挽留逝水,倚天还能借助鲁戈之力。黄昏风恬浪静北斗忽现,天空阔远没有南飞之雁。南北东西尽是栖息之所,大海蓝天将我包围其中。行船令人感觉天涯咫尺,山海延绵接连天边幽云。白日惊涛令人心胸宽广,无论晨昏放眼青天望尽。且让头发随风冲起高帽,弥望千里中原气势如山。擦亮双眼倚栏登临远眺,独自对着孤云两袖清闲。

四十初度，李君栩厂集杜四律枉赠，曾君履川书为长轴，良朋高谊，依韵奉报。

跌宕①耽文史，蹉跎②阅岁年。
九州留藕孔，三绝有韦编③。
眺听④缘俱省，迂疏⑤老更坚。
去来江海上，余地足回旋。

注释：

①跌宕：纵情；沉溺；耽嗜。南朝·梁·江淹《恨赋》："脱略公卿，跌宕文史。"
②蹉跎：时间白白地去；虚度光阴。《晋书·周处传》："欲自修而年已蹉跎。"
③三绝有韦编："韦编三绝"是孔子勤读《易》书的一则典故。比喻读书勤奋。《史记·孔子世家》："读《易》，韦编三绝。"
④眺听：犹视听。谓耳目所及。南朝·梁·何逊《登石头城》诗："眺听穷耳目，远近备幽悉。"
⑤迂疏：犹言迂远疏阔。清·顾炎武《春雨》诗："年老更迂疏，制行复刚褊。"

浅解：

饶公此诗阐述其耽嗜文史、求知若渴的精神追求。
简译：深切爱好诗词文赋，虚度光阴已有年岁。九州存留莲藕之孔，竹简皮绳断了多次。耳目所及万缘皆悟，年老言语迂远疏阔。江海之上来来往往，足以有回旋的地步。

佳气茏葱①近，清尊②磊块③无。
下帘④谷口郑⑤，枚卜⑥交州虞⑦。
共系斯文重，岂关风土⑧殊。
木根⑨聊结茝，挠栋⑩要人扶。

注释：

① 茏葱：葱茏。（草木）青翠茂盛。唐·杨巨源《长安春游》诗："茏葱树色分仙阁，缥缈花香汜御沟。"

② 清尊：亦作"清樽"、"清罇"。酒器。亦借指清酒。《古诗类苑》卷四五引《古歌》："清樽发朱颜，四坐乐且康。"

③ 磊块：石块。亦泛指块状物。宋·陆游《蔬圃》诗："翦辟荆榛尽，钮挐磊块无。"

④ 下帘：隐于帘肆之间，市井坊间。

⑤ 谷口郑：郑簠（1622—1693）清代书法家，字汝器，号谷口，江苏上元（今南京）人。以行医为业，终学不仕，工书，雅好文艺，善收藏碑刻，尤喜汉碑。为清代隶书第一人。

⑥ 枚卜：泛指占卜吉凶。隋炀帝《遗陈尚书江总檄》："守以时月，则鱼烂土崩；接以锋刃，则乌惊鹿走：理在必然，不假枚卜。"

⑦ 交州虞：虞翻（164—233），字仲翔，会稽馀姚（今浙江余姚）人。日南太守虞歆之子。三国时期吴国学者、官员。晚年得罪众人被孙权流放交州，到交州后，在那里讲学，学生时常也有数百人；又为《老子》、《论语》和《国语》等书籍作注。虞翻善于占卜，历史载其筮卜关羽两日断头，果真灵验。

⑧ 风土：一方的气候和土地。《国语·周语上》："是日也，瞽帅、音官以（省）风土。廪于籍东南，钟而藏之，而时布之于农。"

⑨ 木根：树根。唐·孟郊《审交》诗："种树须择地，恶土变木根。"

⑩ 桡栋：屋梁脆弱曲折。《易·大过》："栋桡，本末弱也。"

浅解：

　　此诗表达了饶公对读书之人的惺惺相惜，对文人的怀才不遇甚为惋惜和同情，指出世间良莠不齐，需要惜才识才者来扶持提拔有贤之人。

　　简译：青翠茂盛佳气弥漫，清酒驱散心中郁结。郑谷口隐于帘肆，交州虞翻善于占验。皆是文雅读书之人，岂会因风土而改变。树根杂草盘绕相结，脆弱曲折需人扶持。

句爱茶山活，诗从双井①求。
酸咸②心异癖，俯仰屋如舟。
久敝广长古，翻思③浩荡鸥④。
山川初洗濯⑤，画出浪仙流⑥。

注释：

①双井：茶叶名。宋代洪州（今江西修水）双井乡所产。欧阳修曾赞双井茶"西江水清江石老，石上生茶如凤爪。"黄山谷亦称"我家江南摘云腴，落硙霏霏雪不如。"
②酸咸：比喻人不同的爱好、兴趣。唐•韩愈《酬司门卢四兄云夫院长望秋作》诗："云夫吾兄有狂气，嗜好与俗殊酸咸。"
③翻思：回想。唐•杜甫《北征》诗："翻思在贼愁，甘受杂乱聒。"
④浩荡鸥：浩荡鸥盟，谓与鸥鸟订盟为友，指退隐。
⑤洗濯：洗涤。《艺文类聚》卷二引《六韬》："祖行之日，雨辎重车至轸，是洗濯甲兵也。"
⑥浪仙流：绘画中所体现出来的仙境，一种人与自然契合一致、超然物外的审美之境。元•黄公望《李营丘真迹次俞紫芝韵》中说："营丘自是浪仙流。"

浅解：

诗歌从品茶觅句、屋如小舟等体现饶公的心若止水，反映其追求天人合一、超然物外的精神境界。

简译：佳句于茶山中灵动，诗歌于双井中觅得。心中嗜好与众不同，俯仰之间房屋如舟。岁久敝坏经古广长，心中燃起鸥盟之意。山川洗涤我的心灵，容我画出浪仙之流。

憨憨①宁不惑，咄咄②竟奚为③。
重负嗟羸马④，窥园⑤懒下帷。
人同疏澹菊，春到最浓枝。
珍重群公意，深杯⑥醉不辞。

注释：

①愍愍：伤心貌。晋·陶潜《祭从弟敬远文》："情恻恻以摧心，泪愍愍而盈眼。"

②咄咄：感叹声。表示感慨。《后汉书·逸民传·严光》："咄咄子陵，不可相助为理邪？"

③奚为："奚为"，宾语前置，即"为奚"，为什么。奚，疑问词，什么。

④羸马：瘦马。

⑤窥园：观赏园景。《汉书·董仲舒传》："〔仲舒〕下帷讲诵，弟子传以久次相授业，或莫见其面。盖三年不窥园，其精如此。"颜师古注："虽有园圃，不窥视之，言专学也。"

⑥深杯：满杯。明·屠隆《彩毫记·预识汾阳》："斟佳酝且深杯满引，醉倚营门，高歌击剑动星辰。"

浅解：

　　人生如白驹过隙，且背负沉重，心要如菊花般淡泊才能释然，我们都应当珍惜眼前，珍重好友。

　　简译：感怀伤逝明辨不疑，如此感慨为了什么？嗟叹瘦马背负沉重，观赏园景懒放帷幕。人与澹泊之菊相同，春到之时枝繁叶茂。珍惜群公对我之情，斟满杯酒不醉不归。

颙围①挽诗

斯文②终未丧，长者竟云徂③。八十复何求，百龄若须臾。公昔流恺悌④，敷政⑤在海隅。多士⑥同景附⑦，和乐光有孚⑧。陵谷⑨虽屡迁，进退终不渝。卅载寻干戈⑩，身遇与国图。高楼白月间，惆惆且盱盱⑪。暮年更避地⑫，举目山河殊。犹留千首诗，坠献⑬赖传扶。苴缀⑭海南珠，功比洪景卢⑮。（公辑读岭南人诗绝句。）旁征及薄劣⑯，广座辱深誉。习之感梁肃⑰，欲赋惭不如。凄凄扬子宅⑱，恻恻黄公垆⑲。再过余腹痛，挥涕⑳进生刍㉑。

注释：

① 颙围：陈融，（1876—1956），字协之，号颐庵，别署松斋、颙园、秋山。广东番禺（今广州）人。早年留学日本，同盟会会员。民国时曾身居要职，后隐居于广州。工书，尤精草书，用笔刚柔并重，潇洒浑脱。编有《越秀集》，著有《读岭南人诗绝句》等。
② 斯文：指礼乐教化、典章制度。《论语·子罕》："天之将丧斯文也，后死者不得与于斯文也。"
③ 云徂：云飞行向前。汉·扬雄《法言·寡见》："云徂乎方，雨流乎渊。"李轨注："徂，往也。方，四方。"亦泛指快速行进。
④ 恺悌：和乐平易。《左传·僖公十二年》："《诗》曰：'恺悌君子，神所劳矣。'"杜预注："恺，乐也；悌，易也。"
⑤ 敷政：布政，施行教化。《诗·商颂·长发》："不竞不絿，不刚不柔，敷政优优，百禄是遒。"
⑥ 多士：古指众多的贤士。也指百官。《书·多方》："猷告尔有方多士，暨殷多士。"
⑦ 景附：如影附身。比喻依附密切。《汉书·叙传上》："其余焱飞景附，煜霅其间者，盖不可胜载。"
⑧ 有孚：《易·未济》："六五，贞吉无悔，君子之光，有孚，吉。"有孚，即阳孚，有为阳。孚为阴阳相遇互感而其阳壮旺至极的状态。
⑨ 陵谷：《诗·小雅·十月之交》："高岸为谷，深谷为陵。"毛传："言易位

也。"郑玄笺："易位者,君子居下,小人处上之谓也。"后因以"陵谷"比喻君臣高下易位。比喻自然界或世事巨变。

⑩干戈:指战争。《史记·儒林列传序》:"然尚有干戈,平定四海,亦未暇遑庠序之事也。"

⑪盱盱:张目直视貌。《荀子·非十二子》:"吾语汝学者之嵬容:其冠絻,其缨禁缓,其容简连;填填然,狄狄然,莫莫然,瞡瞡然,瞿瞿然,尽尽然,盱盱然。"

⑫避地:谓迁地以避灾祸。《汉书·叙传上》:"始皇之末,班壹避墬于楼烦,致马牛羊数千群。"

⑬坠献:遗留下来的文献。

⑭苴缀:即"补苴缀拾"。用草垫鞋底,补缀衣裳鞋底。引申为弥合;补苴漏洞。

⑮洪景卢:洪迈(1123—1202),南宋饶州鄱阳(今江西省上饶市鄱阳县)人,字景卢,号容斋,洪皓第三子。南宋著名文学家。

⑯薄劣:低劣;拙劣。有时用为谦辞。《后汉书·孔融传》:"朱、彭、寇、贾,为世壮士,爱恶相攻,能为国忧。至于轻弱薄劣,犹昆虫之相啮,适足还害其身,诚无所至也。"

⑰梁肃:梁肃,唐代散文家(753—793)。字敬之,一字宽中。安定(今甘肃泾川)人,世居陆浑(今河南嵩县东北)。梁肃师事独孤及,也是古文运动先驱作家。作古文,尚古朴,为韩愈,柳宗元,李翱所师法。

⑱扬子宅:汉代扬雄(前53—18),西蜀(今四川省成都市)人,其住所称"扬子宅",据传他在扬子宅中写成《太玄经》,故又称"草玄堂"。

⑲黄公垆:"黄公酒垆"的略称。宋·苏轼《庆源宣义王丈求红带》诗:"不学山王乘驷马,回头空指黄公垆。"

⑳挥涕:挥洒涕泪。《孔子家语·曲礼子夏问》:"二三妇人之欲供先祀者,谓无瘠色,无挥涕,无拊膺,无哀容。"王肃注:"挥涕,不哭。流涕以手挥之。"

㉑生刍:《后汉书·徐稺传》:"郭林宗有母忧,稺往吊之,置生刍一束于庐前而去。"后因以称吊祭的礼物。

浅解:

此诗为挽诗,对友人陈融的逝世,饶公难掩悲痛,在诗中包含着饶公对陈融先生逝世的惋惜，对其在文学领域的卓绝贡献给予高度的评价，对其个人的人格魅力给予高度的赞扬。

简译：礼乐教化终未失去，老者竟相随云而逝。年过八十夫复何求？百岁高龄仅是片刻。昔日公流和乐之风，在海之隅施行教化。多方贤士如影附之，和睦安乐光有孚吉。人生百态世事无常，或进或退终不改变。三十年来干戈不断，将身许国共图伟业。明月悬于高楼之间，张目远眺内心惆怅。老年迁地以避灾祸，抬眼望去山河已变。依然留存千首诗歌，遗留文献有赖传承。补苴缀拾南方遗珠，功劳堪比洪迈景卢。旁征博引至于薄劣，众人赐誉厚爱有加。习读感叹梁肃再世，赋作诗文自愧不如。凄清冷漠扬子之宅，春寒恻恻黄公酒庐。肝肠寸断痛苦万分，挥洒涕泪进献祭礼。

七月六日向夕与诸生泛海至清水湾舟上杂诗

积雨初放晴,天心①浑一洗。
潜鳛②自往来,碧波净无底。

注释:

①天心:天空中央。唐·李白《临江王节士歌》:"白日当天心,照之可以事明主。"
②潜鳛:潜水的小鱼。鳛,古代一种吹沙小鱼:"悬渊沉之鲂鳛。"

浅解:

雨水刚过,空气清新,碧空万里,湖水清澄;清水湾名符其实,令人赏心悦目。

简译:持续下雨天刚放晴,天心如洗毫无杂色。水中之鱼来去自如,大海碧波澄绿清澈见底。

青云若可接,白鸟且为朋。
直望三万里,波涛似建瓴①。

注释:

①建瓴:典出《史记》卷八《高祖本纪》:"譬犹居高屋之上建瓴水也。"建瓴,即"建瓴水"之省,谓倾倒瓶中之水,形容居高临下、难以阻挡的形势。

浅解:

海阔天空,一眼千里,清水湾景色给人们清新之感,令人舒心。

简译:青天之云接天连地,白羽之鸟结伴同游。放眼云天尽三万里,波涛如屋顶建瓴水。

胸中无魏晋①，到此休问津②。
宿鸟③如相约，飞鱼欲近人。

注释：

① 魏晋：魏晋是一个动乱的年代，也是一个思想活跃的时代。新兴门阀士夫阶层社会生存处境极为险恶，同时其人格思想行为又极为自信风流萧散、不滞于物、不拘礼节。
② 问津：寻访或探求。晋·陶潜《桃花源记》："南阳刘子骥，高尚士也；闻之，欣然规往。未果，寻病终。后遂无问津者。"
③ 宿鸟：归巢栖息的鸟。唐·吴融《西陵夜居》诗："林风移宿鸟，池雨定流萤。"

浅解：

此地令人亲切，鸟儿相邀而来，鱼儿亲切近人，人们无需探求，便自然觉得无拘无束，魏晋风度心中自生。

简译：胸中没有魏晋之风，来到此处无需探求。归巢之鸟相约而来，水中游鱼亲切近人。

沙禽①复苦热，来藏深树中。
船笛一声鸣，惊起四面风。

注释：

① 沙禽：沙洲或沙滩上的水鸟。南朝·陈·阴铿《和傅郎岁暮还湘州》："戍人寒不望，沙禽迥未惊。"

浅解：

此诗由小处着笔，生动地写出停栖在小洲上的水鸟吓得惊慌失措的情态，"惊"又暗衬船笛之响、船行之快，体现出饶公的欣喜畅快之情。

简译：沙洲水鸟苦于闷热，绿阴树底深藏不出。忽然船笛一声轰鸣，惹得四野惊风而起。

     水佩动风裳①，那有尘生袜。
     日晚汐催归，捞出水中月。

注释：

①水佩动风裳：以水为佩带风为衣裳。

浅解：

  此诗描绘了黄昏时刻清水湾之景，"水佩动风裳，那有尘生袜。"写出一种天人合一的精神境界。
  简译：水为佩带风作衣裳，世间尘土化为我袜。天晚汐退催我归回，水中之月犹可捞出。

  云容晦复明，波光绚以耀。霭霭斜晖①间，轻风吹大帽。（大帽山舟中可望。）

注释：

①斜晖：指傍晚西斜的阳光。南朝·梁·简文帝《序愁赋》："玩飞花之入户，看斜晖之度察。"

浅解：

  夕阳西下，云雾霭霭，余光若隐若现，轻风徐徐吹掠山林，一派淡雅恬静之境。
  简译：云色昏暗又复明亮，水中波光绚烂闪耀。斜阳云间若隐若现，轻风吹掠大帽之山。

  孤屿烟中浮，佛头粪可着①。（佛头山在清水湾前。）终古侣鱼虾②，何曾问猿鹤③。

注释：

①佛头粪可着：佛头着粪，原指佛性慈善，在他头上放粪也不计较。宋·释道原《景德传灯录》卷七："崔相公入寺，见鸟雀于佛头上放粪，乃问师曰：'鸟雀还有佛性也无？'师曰：'有。'崔曰：'为什么向佛头上放粪？'师曰：'是伊为什么不向鹞子头上放？'"
②侣鱼暇：与鱼伴侣，借指隐逸生活。
③猿鹤：借指隐逸之士。清·方文《饮从兄播公民部》诗："猿鹤岂无干禄意，江关只恐厌人稠。"

浅解：

  此诗由景及情，清水湾的山水体现了饶公隐逸的精神气质，表现出一种"出世"的心态。
  简译：古岛于云烟中飘拂，佛头山上可着粪土。与鱼终生相伴同游，山中猿鹤何须过问。

狂风撼峭帆①，连山堆白浪②。
独有蜑家人③，安闲沉雾上。

注释：

①峭帆：耸立的船帆。亦借指驾船。唐·李白《横江词》之三："白浪如山那可渡，狂风愁杀峭帆人。"
②白浪：雪白的波涛。唐·李白《司马将军歌》："扬兵习战张虎旗，江中白浪如银屋。"
③蜑家人：香港水上原居民之一的民系，他们只在船上生活，有自己的语言蜑家话，主要是以捕鱼维生。

浅解：

  此诗体现了清水湾地区蜑家渔民的渔家之乐，给人一种回归自然的身心放松、愉悦之情。
  简译：狂风撼动傲立船帆，山岭连绵白浪堆叠。唯有船上蜑家渔民，沉雾之中安闲度日。

船尾夕阳红，船头初月白。
天地一孤舟，宛尔①忘主客。

注释：

①宛尔：明显貌。真切貌。元·耶律楚材《又索六经》诗："简策灿然一新制度，文章宛尔旧仪刑。"

浅解：

此诗描绘了海中落日之景，日落于船尾，月升于船头，虽不强烈，但十分温暖。

简译：船尾夕阳西下红艳艳，船头皎月初升白亮亮。一叶孤舟浮于天地之间，情真意切令人主客不分。

青林何处所，浮岚①看有无。
遥天剩一角，明灭在菰蒲②。

注释：

①浮岚：飘动的山林雾气。宋·欧阳修《庐山高赠同年刘中允归南康》诗："欲令浮岚暖翠千万状，坐卧常对乎轩窗。"
②菰蒲：菰和蒲。借指湖海。南唐·张泌《洞庭阻风》诗："空江浩荡景萧然，尽日菰蒲泊钓船。"

浅解：

此诗写出落日最后一刻的景象，山林雾气已起，天边余晖闪烁暗淡，慢慢地在山海地平线上消失。黄昏之美，令人沉醉。

简译：漫山林木处处青翠，云雾飘动时隐时现。天边落日空余一角，海之尽处忽明忽暗。

长歌行和徐文镜①

港中琴人，于月首周末，辄有文聚之乐。是月余先一日飞罗马，不克与焉。徐翁以诗来索和，因步原韵奉答。

载脂②何事冒烦暑③，九有翻云更覆雨。悄然独为万里行，深负故人具鸡黍④。薄霄浮云眼界清，愀然⑤宛闻凤鸾鸣⑥。遥知高馆⑦张乐⑧地，笙簧喧吸动江城。二十三丝⑨弹夜月，清思⑩如诗诗似雪。吴质⑪不眠倚树听，伶伦⑫拍案亦惊绝。逝水滔滔愁夜长，客心⑬此日行未央。何来跋涉沙漠地，翻念归服芙蓉裳⑭。纯白翁，山泽臞⑮，声清入木澹欲无。焦桐⑯今值劫灰余，逸响⑰空自追黄虞⑱。盛子木讷琴中禅，水仙摇抹也自贤。野云枯木意泠然⑲，至和懒复辨中边⑳。鼓宫鼓角即耶许㉑，忘怀独造孤迥㉒处。视乎冥冥听无声，鸥鹭何劳哀筝柱㉓。鸟飞兽走兴欲仙，水云海上挹成连㉔。文姬㉕五弄㉖今莫传，虞山㉗遣意在斯焉。于喁㉘古调间新声，深闺齐唱到三更。新翻㉙乐府红豆曲，檀板㉚金尊太憨生㉛。挂眼高楼明月弦，月中几度见桑田。东顾云遮千里目，西浮水拍五湖天。君兮此际乐欲狂，闭门酣饮迫缥黄㉜。白日既尽继朗月，吴歈㉝楚些㉞一时忙。嗟余远役胡为者，浪迹真疲支遁马㉟。抚弦搔首欲问天，得彼失此理难假。先生坐抚书满腹，独从弦外守渊默。大音希声㊱惟无作，万窍齐虚况比竹。此心久矣泯成亏，巨付明珠写百斛㊲。

注释：

① 徐文镜：(1895—1975)，别署镜斋，台州市椒江区海门街道百口井人，古琴家徐元白胞弟，自幼颖悟好学，精通多种学艺，为著名书画篆刻家、古文字学家、浙派古琴大师。
② 载脂：抹油于车轴上。谓准备起程。《诗·邶风·泉水》："载脂载辖，还车言迈。"朱熹集传："脂，以脂膏涂其辖使滑泽也。"

③烦暑：闷热；暑热。《南史·梁武陵王纪传》："季月烦暑，流金铄石，聚蚊成雷，封狐千里。"

④故人具鸡黍：备好丰盛的饭菜。出自唐·孟浩然《过故人庄》："故人具鸡黍，邀我至田家。"

⑤愀然：容色改变貌。《礼记·哀公问》："孔子愀然作色而对曰：'君之及此言也，百姓之德也。'"郑玄注："愀然，变动貌也。"

⑥凤鸾鸣：凤凰之类的神鸟的鸣叫，代指笙箫等乐器之声。《云笈七签》卷二十："建紫毛之节，驾飞云丹舆，前吹凤鸾，后奏天钧。"

⑦高馆：高大的馆舍。《晋书·华谭传》："虚高馆以俟贤，设重爵以待士。"

⑧张乐：置乐；奏乐。宋·杨万里《题望韶亭》诗："洞庭张乐已莓苔，犍为获磬亦尘埃。"

⑨二十三丝：箜篌，古代弦乐器。又名空侯、坎侯。形状有多种。《通典》卷一百四十四："竖箜篌，胡乐也，汉灵帝好之，体曲而长，二十二弦。竖抱于怀中，用两手齐奏，俗谓之擘箜篌。"

⑩清思：清雅美好的情思。亦谓清静地思考。《汉书·礼乐志》："勿乘青玄，熙事备成。清思眇眇，经纬冥冥。"

⑪吴质：即月中之神吴刚。唐·李贺《李凭箜篌引》："吴质不眠倚桂树，露脚斜飞湿寒兔。"

⑫伶伦：传说为黄帝时的乐官。古以为乐律的创始者。《吕氏春秋·古乐》："昔黄帝令伶伦作为律。"

⑬客心：旅人之情，游子之思。汉·王粲《家本秦川贵公子孙遭乱流寓自伤情多》诗："沮漳自可美，客心非外奖。常叹诗人言，式微何由归。"

⑭芙蓉裳：指用芙蓉做的衣裳。借指从事高雅脱俗之事，此处喻弹琴。楚·屈原《离骚》："制芰荷以为衣兮，集芙蓉以为裳。"

⑮山泽臞：山中清瘦的儒者。含有隐居不仕之意。语本《汉书·司马相如传下》："相如以为列仙之儒居山泽间，形容甚臞，此非帝王之仙意也。"

⑯焦桐：琴名。东汉·蔡邕·曾用烧焦的桐木造琴，后因称琴为焦桐。唐·张祜《思归引》："焦桐弹罢丝自绝，漠漠暗魂愁夜月。"

⑰逸响：奔放的乐音。《古诗十九首·今日良宴会》："弹筝奋逸响，新声妙入神。"

⑱黄虞：黄帝、虞舜的合称。晋·陶潜《赠羊长史》诗："愚生三季后，慨然念黄虞。"此借指古乐。

⑲泠然：形容清越激扬的声音。《晋书·裴楷传》："绰子遐，善言玄理，音

辞清畅，泠然若琴瑟。"

⑳辨中边："中"是离一切边的真实性，"边"是常断诸边。众生愚痴不能无误了知境行果的真实性而落于边见之中，菩萨慈悲辨析何者是中，何者是边，从而使众生起真实解、发真实行、入真实位、得真实果。

㉑耶许：象声词。本为劳动时众人齐发的声音。引申有同声共叹之义。清·钱谦益《〈陈乔生诗集〉序》："而况于同官为僚，耶许佽助。"

㉒孤迥：寂寞；寂寥。唐·杜牧《南陵道中》诗："正是客心孤迥处，谁家红袖凭江楼？"

㉓筝柱：筝上的弦柱。每弦一柱，可移动以调定声音。唐·李商隐《独居有怀》诗："浦冷鸳鸯去，园空蛱蝶寻。蜡花长递泪，筝柱镇移心。"

㉔成连：春秋时名琴师，俞伯牙之师。

㉕文姬：蔡文姬（公元177年—公元239年），名琰，字文姬，陈留围（今河南杞县）人，为蔡邕的女儿，博学有才，通音律，据称能用听力迅速判断古琴的第几根琴弦断掉。是建安时期著名的女诗人。

㉖五弄：蔡文姬之父蔡邕，有蔡氏五弄传世：《游春》、《绿水》、《幽居》、《坐愁》、《秋思》。

㉗虞山：虞山琴派，明末以常熟虞山命名的中国古琴重要流派，由明朝宰相严讷之子严天池所创建。

㉘于喁：相和之声。《庄子·齐物论》："前者唱于而随者唱喁。"陆德明释文引李轨曰："于喁，声之相和也。"

㉙新翻：新改编。唐·刘禹锡《杨柳枝》词："请君莫奏前朝曲，听唱新翻《杨柳枝》。"

㉚檀板：乐器名。檀木制的拍板。唐·杜牧《自宣州赴官入京路逢裴坦判官归宣州因题赠》诗："画堂檀板秋拍碎，一引有时联十觥。"

㉛太憨生：犹言太娇痴。生，语助词。唐·颜师古《隋遗录》："时洛阳进合蒂迎辇花……帝命宝儿持之，号曰司花女，时诏虞世南草《征辽指挥德音敕》于帝侧，宝儿注视久之，帝谓世南曰：'昔传飞燕可掌上舞，朕常谓儒生饰于文字，岂人能若是乎，及今得宝儿，方昭前事，然多憨态，今注目于卿，卿才人，可便嘲之。'世南应诏为绝句曰：'学画鸦黄半未成，垂肩軃袖太憨生，缘憨却得君王惜，长把花枝傍辇行。'"

㉜纁黄：黄昏。《楚辞·九章·思美人》："指嶓冢之西隈兮，与纁黄以为期。"

㉝吴歈：春秋吴国的歌。后泛指吴地的歌。《楚辞·招魂》："吴歈蔡讴，奏大吕些。"

㉞楚些：《楚辞·招魂》是沿用楚国民间流行的招魂词的形式而写成，句尾皆有"些"字。后因以"楚些"指招魂歌，亦泛指楚地的乐调或《楚辞》，出自《昭明文选》。

㉟支遁马：支遁（314—366）：字道林，世称支公，亦曰林公，别号支硎。东晋高僧，陈留人，善草隶，好畜马。支遁马，即支遁之爱马。

㊱大音希声：最大最美的声音乃是无声之音，即达到极致的东西是不可捉摸的。《老子·道德经》："大方无隅，大器晚成。大音希声，大象无形。"

㊲巨付明珠写百斛：百斛明珠，指珍宝无数。

浅解：

此诗为和诗，对友人以琴会友，自己因故无法赴会而表示遗憾不已。诗中体现了饶公对琴艺的热爱，对清微淡远精神之追求，对安时处顺心态的向往，对隐逸淡泊高雅生活的眷恋。

简译： 我为何要冒着暑热启程，如此翻云覆雨自作自受。悄然独自万里之行，辜负友人一番盛情款待。云淡天高眼界自然清明，听得凤凰鸣叫愀然改容。即便知晓高馆奏乐之地，笙簧吹奏韵律动摇江城。夜月弹动箜篌二十三弦，情思清雅如诗诗似白雪。吴刚倚树倾听无法入眠，伶伦拍案惊呼赞赏至极。漫长愁夜滔滔江水消逝，长路漫漫燃我游子之情。为何长途跋涉到此沙漠，心中盼望回归平淡高雅。洁身自好归隐山林之中，声音清悦入木澹泊欲无。焦桐劫灰过后遗留至今，奔放之音直追古老雅乐。盛子刚毅木讷琴中有禅，掏抹水仙曲调自然贤明。野云枯木意境清越激扬，安顺和谐慵懒不辨中边。鼓动宫角之音同声附和，忘怀独临寂寞幽僻之境。视野蒙眬倾听无声之声，鸥鹭为友无须感伤弦柱。飞鸟走兽我心飘飘欲仙，云水海上之间致敬成连。蔡氏五弄当今没有流传，虞山琴派亦是追逐其风。相和古乐曲调创作新声，内室深闺齐唱直至半夜。新编乐府曲目红豆之歌，檀板杯觥交错实在娇痴。高楼明月如弦引人注目，月中几度看清沧海桑田。回首东方云朵遮蔽千里，西边江水汹涌拍五湖天。诸君此时此刻欢乐伴狂，闭门酣饮直到夜幕降临。白日落尽晴朗之月初升，齐奏吴国之歌楚国之调。感叹远走服役为了什么，流浪天涯倦怠支遁之马。抚弦搔头想要质问青天，得彼失此其理难以服人。先生静坐抚琴经纶满腹，却独好弦外渊默之音。最美之声乃是无声之音，虚竹内空却能包容万物。心中早就已经无成无亏，不惜偿付百斛明珠换得。

为吴仲舆题白鹦鹉碑①拓本　碑在韩山韩祠，清潮州知府龙为霖摹泐上石

　　公文在天下，如水罔不流。公书在人间，片羽②不可求。乃有鹦鹉赋，题名于上头。（公书惟曹娥碑帖上题款朴拙可信。韩山白鹦鹉字体近米，但署退之二字。梁于渭麟枕簿稿本称白鹦鹉赋摩崖司马退之行书。）飞动发光怪③，撼树笑蚍蜉④。我生后千载，恨未从公游。婆娑⑤祠堂前，橡木⑥枝撑幽。仰止有高山⑦，低徊怅久留。吴侯金石癖，笃志⑧慕前修⑨。珍袭⑩广征题，宝此等琳球⑪。游子久不归⑫，岁时忽我遒⑬。祠堂何处寻，烟波使人愁⑭。高文⑮可解愠⑯，安用更⑰离忧⑱。

注释：

①白鹦鹉碑：白鹦鹉赋碑系清雍正十二年（1734年）潮州知府龙为霖主持摹刻。位于潮州市西湖公园仰韩亭内，原镶嵌在潮州市笔架山韩文公祠内，抗日战争时期为日本侵略军所窃，幸被追回。该碑由4块碑石组成，每块高0.77米、宽2.13米，直书12行，行4字或6字不等，全碑计248字，字为狂草，落款"退之"。

②片羽：传说中神马吉光的小片毛。喻指残存的少量珍贵品。《史通·古今正史》"十六国春秋"清·浦起龙通释："世徒以国史为正，然频书幸留片羽，孝标亦在唐前，讵不足当互证之资耶？"

③光怪：形容错杂斑斓。宋·范成大《白髭行》："烦搁包里夜不眠，无奈霞头出光怪。"

④撼树笑蚍蜉：化用蚍蜉撼树。蚍蜉，蚂蚁。蚂蚁想摇动大树。比喻力量很小而想动摇强大的事物，不自量力。唐·韩愈《调张籍》诗："蚍蜉撼大树，可笑不自量。"

⑤婆娑：盘桓；逗留。三国·魏·杜挚《赠毌丘俭》诗："骐骥马不试，婆娑槽枥间；壮士志未伸，坎轲多辛酸。"

⑥橡木：相传当年韩愈所植的橡木，就在祠前，据宋礼部尚书王大宝《韩木

《赞》的描写，橡树形如华盖，遮蔽屋檐，其外皮作鱼鳞状，叶细而长，叶脉凸起，作棱角状，春夏之交开花，红白相间，甚是美丽。但花不常开，潮州人崇尚韩愈，以至效祥于他手植的这棵橡木。"以花之繁稀卜科名盛衰"，甚至《潮州府志》有"乾隆九年祠堂橡木花，科名大盛"的记载。于是，祠吊先哲，木卜科名，"韩祠橡木"便成了潮州八景之一。

⑦仰止有高山：高山：比喻高尚的道德。仰：仰望。止：句末语气词。意为品德崇高的人，就会有人敬仰他。后比喻对崇高品德的崇敬、仰慕。《诗经·小雅·车辖》："高山仰止，景行行止。"

⑧笃志：专心致志；一心一意。《论语·子张》："子夏曰：'博学而笃志，切问而近思，仁在其中矣。'"

⑨前修：犹前贤。《楚辞·离骚》："謇吾法夫前修兮，非世俗之所服。"

⑩珍袭：珍藏。明·宋濂《恭题御书赐蕲春侯卷后》："乃命良工用黄绫玉轴装潢成卷，珍袭以示子孙。"

⑪琳球：指美玉。《宋书·傅亮传》："饯离不以币，赠言重琳球。"

⑫游子久不归：远去的朋友已好久没有相见了。唐·杜甫《梦李白二首》："浮云终日行，游子久不归。"

⑬道：迫近。楚·宋玉《楚辞·九辩》："岁忽忽而遒尽兮，恐余寿之弗将。"

⑭烟波使人愁：江上烟雾笼罩让人忧愁。罩唐·崔颢《登黄鹤楼》："日暮乡关何处是？烟波江上使人愁。"

⑮高文：指优秀诗文。此处是对白鹦鹉碑拓本的敬称。晋·葛洪《抱朴子·喻蔽》："格言高文，岂患莫赏而减之哉。"

⑯解愠：消除怨怒。语出《孔子家语·辩乐解》："昔者舜弹五弦之琴，造《南风》之诗，其诗曰：'南风之薰兮，可以解吾民之愠兮。南风之时兮，可以阜吾民之财兮。'"

⑰更：改变。

⑱离忧：遭遇忧患。《史记·屈原贾生列传》："离骚者，犹离忧也。"司马贞索隐引应劭曰："离，遭也。"

浅解：

　　无论石刻书法是否出自韩退之之手，饶公极力推崇白鹦鹉碑之书法飘逸生动、光怪奇骏的风格。诗歌还阐述了写作缘由，对吴仲舆先生传承先贤，视金石碑刻为宝物的品德大加赞赏。同时对友人久未相聚表示遗憾，离忧之情萌生，唯能借此金石之物消解愁情。

简译：文公文章闻名天下，如细水般永流不息。文公书法长留人间，如片羽般珍贵难寻。唯此处的白鹦鹉赋，题名摹泐于石上头。飘逸生动错杂斑斓，动摇大树嘲笑蜉蝣。我比公卿迟生千年，未从公游甚为惋惜。往返驻足祠堂之前，橡木枝繁开辟幽境。高山之德令人敬仰，久久徘徊不愿离去。吴老仲舆喜好金石，专心致志追慕前贤。珍藏拓本征集题诗，以此为宝等同美玉。远去朋友久未相见，岁月忽忽暮年迫近。祠堂之景何处寻得，江上烟雾让人忧愁。高雅拓本可消怨怒，细心学习缓解忧患。

答中田勇次郎①京都，兼简多纪颖信②大原。
用杜公听许十诵诗韵③

忆昔游大原④，随烟出石壁⑤。
正音⑥和盐梅⑦，璎珞⑧破沉寂。
落落三千院⑨，名与日月敌。
菁花蚕芥⑩书，醒我如蒙击⑪。
福地⑫何萧爽，南面⑬诚不易。
清诗⑭惬幽期⑮，落纸⑯响鸣镝⑰。
秘藏⑱发殊观⑲，徒然惊霹雳⑳。
颇念魏氏谱㉑，高文共推激㉒。
别来几寒暑，律字须抉剔㉓。
怅望虚翠屏㉔，长空晚廖闃㉕。

注释：

①中田勇次郎：日本著名词学、书法艺术研究家。1935年京都大学中国语言文学科毕业。专长中国古典诗词，中国古代书画论。曾参与多种百科全书、文学辞典、书法辞典的编写。
②多纪颖信：日本著名演奏家，鱼山梵呗传人。
③杜公听许十诵诗韵：唐·杜甫《夜听许十一诵诗爱而有作》诗韵。
④大原：大原位于京都市左京区的北部。
⑤石壁：陡立的山岩。晋·葛洪《神仙传·孙博》："山间石壁，地上盘石，博入其中，渐见背及两耳，良久都没。"
⑥正音：纯正的乐声；雅正的乐声。《淮南子·天文训》："姑洗生应钟，比于正音，故为和。"
⑦盐梅：调和；和谐。南朝·梁·刘勰《文心雕龙·声律》："声得盐梅，响滑榆槿。"
⑧璎珞：缨络。用珠玉穿成的装饰物。多用作颈饰。《南史·夷貊传上·林邑国》："其王者着法服，加璎珞，如佛像之饰。"

⑨三千院：三千院是日本大原有代表性的景区，日本天台门迹寺院之一。
⑩蚩芥：犹蒂芥，芥蒂。积在心里的小小不快。《文选·张衡〈西京赋〉》："睚眦蚩芥，尸僵路隅。"
⑪蒙击：发蒙；启蒙。《易·蒙卦》："九二包蒙"，"上九击蒙"。
⑫福地：指神仙居住之处。道教有七十二福地之说。亦指幸福安乐的地方。旧时常以称道观寺院。南朝·齐·王融《三月三日曲水诗》序："芳林园者，福地奥区之凑，丹陵、若水之旧。"
⑬南面：古代以坐北朝南为尊位。
⑭清诗：清新的诗篇。晋·傅咸《赠崔伏二郎诗》："人之好我，赠我清诗。"
⑮幽期：隐秘或幽雅的约会。唐·杜甫《大云寺赞公房》诗之一："洞门尽徐步，深院果幽期。"
⑯落纸：落笔。唐·杜甫《饮中八仙歌》："张旭三杯草圣传，脱帽露顶王公前，挥毫落纸如云烟。"
⑰鸣镝：即响箭。矢发射时有声，故称。《史记·匈奴列传》："冒顿乃作为鸣镝，习勒其骑射，令曰：'鸣镝所射而不悉射者，斩之。'"
⑱秘藏：指隐藏或珍藏的大宗之物。汉·王逸《九思·守志》："睹秘藏兮宝珍，就传说兮倚龙。"
⑲殊观：奇观。指奇异美好的景象或事情。《文选·曹植〈洛神赋〉》："于是精移神骇，忽焉思散，俯则未察，仰以殊观，睹一丽人，于岩之畔。"
⑳霹雳：喻壮盛的声威。
㉑魏氏谱：《魏氏乐谱》是明朝崇祯末年官员魏双侯，为避战乱逃往日本而带去的中国古代曲集，日本称其为"明乐"。其内容包括古代诗词乐谱、歌舞谱、郊庙音乐及释家音乐等200余篇，是一个活着的、可歌唱可演奏的、内蕴丰厚的"明代古董"。
㉒推激：推崇激扬。唐·杜甫《夜听许十一诵诗爱而有作》诗："陶谢不枝梧，风骚共推激。"
㉓抉别：搜求挑取。唐·裴延翰《〈樊川文集〉序》："其抉别挫偃，敢断果行，若誓牧野，前无有敌。"
㉔翠屏：形容峰峦排列的绿色山岩。《文选·孙绰〈游天台山赋〉》："践莓苔之滑石，搏壁立之翠屏。"
㉕廖閴：閴，"阒"的讹字。寂寥阒然。

浅解：

　　1964年，饶公赴日本访学，到京都大原山听梵呗，听多纪颖信演奏日本雅乐，领略大原山三千院的佛门秘境，游赏有感。尽写大原山清净脱俗之景，与友人探讨赋诗作词之趣，怡然自得。

简译：昔日畅游京都大原，伴随烟云出入岩壁。雅正之乐声和韵谐，璎珞佛饰划破沉寂。三千院落落显正气，嘉名可与日月媲美。菁菁花木莫有蚕芥，豁我胸臆醒我心结。清净闲适安乐之所，南面尊坐诚然不易。佳期赋诗如此惬意，落笔有神犹如响箭。深幽秘境奇异优美，仅此便已叹为观止。令人想起魏氏乐谱，高雅诗文激扬崇高。相别几个寒冬暑夏，斟酌诗律挑取文字。青翠壁隙惆怅张望，夜幕长空寂寥阒然。

岛上大风止后聊短述

寒气郁高林,雨势可摇海。
不信风涛间,中有九州在①。

注释:

①不信风涛间,中有九州在:语出宋·曾巩《南湖行》之一:"生长江湖乐卑湿,不信中州天气和。"

浅解:

  海岛风雨大作,寒气逼人,波涛汹涌,实在恐怖,连饶公都担心海岛能否岿然不动。用词夸张,言语生动。

  简译:高林郁葱寒气逼人,雨势强劲如可撼海。不信狂风波涛之间,九州安然处于其中。

推户顾茫茫,马牛谁复辨。
兴言①昏垫②哀,肝肠逐风转。

注释:

①兴言:心有所感,而发之于言。晋·陆云《答兄机》诗:"衔思恋行迈,兴言在临觞。"
②昏垫:陷溺。指困于水灾。亦指水患,灾害。《书·益稷》:"洪水滔天,浩浩怀山襄陵,下民昏垫。"

浅解:

  大雨令旷野迷茫,马牛无法辨别,突如其来的水患令人担忧,内心随着风雨变得忐忑不安。

  简译:拉开窗户视野茫茫,谁能从中把马牛辨清。水患突来令人哀愁,牵肠挂肚逐风转动。

原野黤①无光，有声酸铃铎②。
应为起蜇③来，沉悲出冥漠④。

注释：

①黤：阴暗。
②铃铎：金属响器名。大者为铃，小者为铎。此指屋外风铃。唐·玄奘《大唐西域记·摩揭陀国上》："中门当涂，有三精舍，上置轮相，铃铎虚悬。"
③起蜇：抬起头望云空，有飞天之势。
④冥漠：玄妙莫测之境界。南朝·宋·朱昭之《难顾道士夷夏论》："夫鬼神之理，冥漠难明。"

浅解：

天地四周无光，风铃骇心，让饶公有冲出云天、突出玄妙莫测之"重围"的冲动。

简译：天地原野阴暗无光，风铃有声令人心酸。应昂起头张望云天，冲出沉悲玄莫之境。

惊飙①果何从，日夕二三②至。
亦知不崇朝③，依旧江山丽。

注释：

①惊飙：突发的暴风；狂风。三国·魏·曹植《吁嗟篇》："卒遇回风起，吹我入云间……惊飙接我出，故归彼中田。"
②二三：约数，指太阳提前落山。
③崇朝：终朝。从天亮到早饭时。有时喻时间短暂，犹言一个早晨。亦指整天。崇，通"终"。《诗·鄘风·蝃蝀》："朝隮于西，崇朝而雨。"

浅解：

　　终日昏天暗地，人在其中无法辨别时间的变化，一切仿佛处于永恒状态。

　　简译：暴风令人不知所措，仿佛太阳提前下山。让人无法辨别朝昏，江山在这一刻永恒。

诗心四首

诗心①入冬眠,蜷卧②遂三载。
言泉忽解泮,一泻到无外③。
好风枕上来,咳唾抛亦快。
谢彼褦襶④子,名山今何在。

注释:

①诗心:作诗之心;诗人之心。宋·王令《庭草》诗:"独有诗心在,时时一自哦。"
②蜷卧:曲身躺卧,冬眠的姿势,此比喻没有赋作诗歌的举动。
③无外:犹无穷,无所不包。《管子·版法解》:"天覆而无外也,其德无所不在。"
④褦襶:夏天遮日的凉笠。宋·姚宽《西溪丛语》卷下:"据《炙毂子》云,褦襶,笠子也。"

浅解:

作诗之心沉寂三年,如今茅塞顿开,灵感突来,如若夏日清爽之凉笠让人精神振奋。使得饶公感叹:名山名水今在何方?内心我有千言万语正等待着描绘你们、赞美你们。

简译:作诗之心陷入冬眠,蜷卧至今已历三载。言语如泉忽然解禁,灵感倾泻直至无穷。美好之风枕上吹来,咳唾抛却精神抖擞。感谢夏日清爽凉笠,名山名水如今何在。

有生无根蒂①,有泪可朝宗②。
处处皆牛山③,那不伤道穷。
悠悠三千年,孤愤一例同。
何如玉溪生④,且听一楼钟⑤。

注释：

①根蒂：植物的根及瓜果的把儿。比喻事物的根基或基础。《三国志·蜀志·蒋琬传》："今魏跨带九州岛，根蒂滋蔓，平除未易。"
②朝宗：比喻小水流注大水。清·李渔《奈何天·崖略》："造物从来不好色，磨灭佳人，使尽罡风力。万泪朝宗江海溢，天公只当潮和汐。"
③牛山：《晏子春秋·谏上十七》："景公游于牛山，北临其国城而流涕曰：'若何滂滂去此而死乎？'"后以"牛山叹"、"牛山泪"、"牛山悲"、"牛山下涕"喻为人生短暂而悲叹。
④玉溪生：唐·李商隐的别号。《新唐书·艺文志四》："李商隐《樊南甲集》二十卷、《乙集》二十卷、《玉溪生诗》三卷，又《赋》一卷，《文》一卷。"
⑤一楼钟：代指觉悟之义。唐·李商隐《题僧壁》："若信贝多真实语，三生同听一楼钟。"

浅解：

　　人生短暂，令人无奈，但历史上无论何人皆无法摆脱这种宿命，倒不如学习李商隐，淡然面对，且听一楼钟鸣。

　　简译：有生以来没有根基，辛酸血泪汇成大流。处处牛山人生短暂，哪都令人悲伤感叹。三千多年历史久远，孤独悲愤如此相似。不如学玉溪生之态，三生且听一楼钟鸣。

> 愁阵①奇兵出，其势不可当。
> 以诗载之归，掷地声铿锵。
> 吟赋非庾郎②，避之身焉藏。
> 徒怀契阔③心，欲以问苍苍。

注释：

①愁阵：喻愁苦难消的心境。唐·韩偓《残春旅舍》诗："禅伏诗魔归静域，酒冲愁阵出奇兵。"
②庾郎：庾郎即庾信，南北朝后周人，骈文写的尤好，著有《伤心赋》。

③契阔：勤苦，劳苦。《诗·邶风·击鼓》："死生契阔，与子成说。"

浅解：

　　此诗用形象的方式强调了诗歌对人身心的一种调节作用，诗歌可以缓解内心愁苦之境，可以使人暂时躲避苦痛。结尾之处饶公有感而发，质问天地：愁苦常伴，人生如此无奈，究竟为何？

　　简译：心中愁如奇兵出阵，凶猛之势不可抵挡。赋作诗歌令之回归，掷地有声铿锵有力。吟咏歌赋不如庾信，身体苦痛何如躲藏。徒有一颗勤奋之心，想要问天寻求答案。

　　　　　　长夜悄然逝，林表①丽朝暾②。
　　　　　　如彼溘死③人，忽得见阳春④。
　　　　　　豹变⑤此其时，游魂抑归魂。
　　　　　　寥寥天壤间，待与智者论。

注释：

①林表：林梢，林外。《文选·谢朓〈休沐重还丹阳道中〉》诗："云端楚山见，林表吴岫微。"
②朝暾：初升的太阳。亦指早晨的阳光。《隋书·音乐志下》："扶木上朝暾，嵫山沉暮景。"
③溘死：忽然而死。《楚辞·离骚》："宁溘死以流亡兮，余不忍为此态也。"
④阳春：温暖的春天。《管子·地数》："君伐菹薪，煮沸水为盐，正而积之三万钟，至阳春，请籍于时。"
⑤豹变：谓如豹文那样发生显著的变化。幼豹长大退毛，然后疏朗涣散，其毛光泽有文采。《易·革》："上六，君子豹变，其文蔚也。"孔颖达疏："上六居'革'之终，变道已成，君子处之，虽不能同九五革命创制，如虎文之彪炳，然亦润色鸿业，如豹文之蔚缛。"

浅解：

　　此诗表面描述日出万物复苏之景，实写诗歌给人心灵带来的震撼和艺术享受，表达了饶公对诗歌的喜爱。

简译：慢慢长夜悄然逝去，林梢迎接初升太阳。如同突然死去之人，忽得温暖春天来临。显著变化即在此刻，游魂抑制归魂之心。旷远开阔天地之间，等待智者探讨问题。

与佣石①翁别六年，顷书来云，以沽酒自活。感成一律。

已是浮云终古阴，相望江海但愔愔②。
六年消息供肠断，十日平原③只梦寻。
别后关河④成独往，老来井臼⑤更谁任。
杜人聊解烦苛意，惆怅深情比石林。
（石林诗话："曹参方欲解秦烦苛，
付之清净，以酒杜人，亦是一术。"）

注释：

① 佣石：石维岩（1878—1961），字铭吾，号慵石，潮州名诗人，岭东三杰之一。
② 愔愔：幽深；悄寂。汉·蔡琰《胡笳十八拍》："雁飞高兮邈难寻，空肠断兮思愔愔。"
③ 十日平原：该典故出自《史记·范雎蔡泽列传》秦昭王遗平原郡。在这里比喻朋友连日欢聚。
④ 关河：关山河川。《后汉书·荀彧传》："此实天下之要地，而将军之关河也。"
⑤ 井臼：汲水舂米，泛指操持家务。此指年老。清·蒲松龄《聊斋志异·伍秋月》："骨弱足软，不能为君任井臼耳。"

浅解：

饶公与友人阔别六年忽收来信有感而发，佣石翁以酒度日，借酒消愁，令饶公悲从中来，感叹岁月易逝，老之将至，人生短暂而无可挽回，诗中借助两个典故进行表达。

简译：浮云蔽日终古阴暗，隔海相望幽远冷寂。六年离别肝肠寸断，欢聚之景梦里思寻。别后独自羁旅山河，你我老来谁更益壮。以酒杜人聊解烦恼，惆怅深情堪比石林。

为陈仁涛题谿山兰若图①

我曾浩荡观齐州②，船行天上逐云浮。
我归枯卧守四壁，屋角看天在咫尺。
东海南海足幽探，有山终不似江南。
君从何处得此卷，野桥流水更荒远。
墨叶③如云列嶂前，天池④百丈落飞泉。
轻风摇江蒲袅袅⑤，暮霞浥雨山娟娟⑥。
中有兰若⑦足幽隐，云是出自僧巨然。
元章⑧题字依稀在，墨妙如新何年载。
物非其人不苟⑨传，君于南宗⑩尤有缘。
况兹北苑⑪称入室，如对江南好风日。
何年能为江南居，披图⑫聊散胸怫郁⑬。

注释：

①谿山兰若图：五代南唐画家巨然画作。
②齐州：犹中州。古时指中国。《尔雅·释地》："岠齐州以南，戴日为丹穴。"
③墨叶：墨色的枝叶，中国画所独特的写意水墨风格。
④天池：指山顶之池。唐·杜甫《天池》诗："天池马不到，岚壁鸟才通。"
⑤袅袅：摇曳貌；飘动貌。《玉台新咏·古乐府〈皑如山上雪〉》："竹竿何袅袅，鱼尾何蓰蓰。"
⑥娟娟：姿态柔美貌。唐·杜甫《寄韩谏议注》诗："美人娟娟隔秋水，濯足洞庭望八荒。"
⑦兰若：兰草与杜若。皆香草。《文选·颜延之〈和谢监灵运〉》："芬馥歇兰若，清越夺琳珪。"
⑧元章：米元章，北宋著名画家、书法家，米芾评巨然："少年时多作矾头，老年平淡趣高。"
⑨不苟：不随便；不马虎。《周礼·地官·大司徒》："一曰，以祀礼教敬，

则民不苟。"

⑩南宗：南北宗，是中国书画史上一种理论学说。明代画家董其昌所创。

⑪北苑：指南唐画家董源。董源曾官北苑使，世称董北苑。宋·沈括《梦溪笔谈·书画》："江南中主时，有北苑使董源善画，尤工秋岚远景，多写江南真山，不为奇峭之笔。"在绘画史上，巨然是董源嫡派，人们将董源与巨然并称"董巨"。

⑫披图：展阅图籍、图画等。《后汉书·卢植传》："今同宗相后，披图案牒，以次建之，何勋之有？"

⑬怫郁：忧郁，心情不舒畅。汉·东方朔《七谏·沉江》："心怫郁而内伤。"

浅解：

饶公赏画，尽将其画风、笔法、传承及作品内涵一一阐述，并表达对友人慷慨赐画共赏的欢喜，对巨然画作所呈现的宁静意境的赞誉，对隐遁生活的向往。

简译：我曾无常不定观览齐州，乘船游行天下追逐浮云。归回枯卧于床空守四壁，房中屋角仰望天在咫尺。东海和南海幽静而深远，山川始终不似江南风格。陈君你从何处获得此卷？山野小桥流水旷远辽阔。水墨枝叶如云列于山前，山顶泉水奔驰一落百丈。江水随风荡漾蒲草飘飞，晚霞带雨润山尽显柔美。兰若生于其中足见幽隐，说是出自僧人巨然手笔。元章所题之字依稀可见，墨色清新无法分辨年月。非本家之人不轻易传授，君和南宗画派非常有缘。更何况巨然是董源嫡派，观画如对江南美好风日。何年我也可以居于江南，观图赏画抒发心胸郁结。

又为题梨花山鹊图①

枝头山鹊竟无声，绽蕊②含苞别有情。
无雪东栏思问讯，此花看过几清明③。

注释：

①梨花山鹊图：元·佚名《梨花山鹊图》，普林斯顿大学美术馆藏。
②绽蕊：开放的花。唐·元稹《酬孝甫见赠》诗之四："曾经绰立侍丹墀，绽蕊宫花拂面枝。"
③无雪东栏思问讯，此花看过几清明：问讯，互相通问请教。宋·苏轼《东栏梨花》："梨花淡白柳深青，柳絮飞时花满城。惆怅东栏一株雪，人生看得几清明。"

浅解：

　　此诗与苏轼诗感情一致，借赏花伤春展现纯美的欣赏与人生哲理的透视。

　　简译：枝头山鹊悄然无声，含苞绽放别有情趣。询问东栏似雪梨花，此花看过几度清明？

文徵明蘭亭修禊圖

偶作示诸生　二首

一雨消残暑，行歌①杂醉醒。
浮云欺白发②，沧海有玄亭。
诗与裁狂简③，心随人渺冥④。
要令参造化⑤，何事苦穷经⑥。

注释：

①行歌：边行走边歌唱。借以抒发自己的感情，表示自己的意向、意愿等。《晏子春秋·杂上十二》："梁丘据左操瑟，右挈竽，行歌而出。"
②欺白发："发短愁催白"之意。
③狂简：志向高远而处事疏阔。《论语·公冶长》："吾党之小子狂简，斐然成章，不知所以裁之。"
④渺冥：渺远。宋·叶梦得《石林燕语》卷十："苍苍渺冥，吾一夫区区之诚，安知必能尽达？"
⑤参造化：功参造化，形容某人修为已经能参悟透天地自然的奥妙。
⑥穷经：谓极力钻研经籍。唐·韩偓《再思》诗："近来更得穷经力，好事临行亦再思。"

浅解：

　　此诗为了勉励学生而作的感怀诗，蕴含人生哲理，人生短暂，岁月催白发，不如且行且歌，寄情于诗歌，心随人愿，体现饶公豁达、独立之自由精神。

　　简译：一场细雨消解暑气，且行且歌亦醉亦醒。天边浮云催生白发，苍茫大海立有玄亭。诗歌可以消蚀轻狂，心随人愿渐行渐远。想要悟透天地奥妙，何必苦苦钻研经籍。

更试为君唱，云山韶濩①音。
芳洲搴杜若②，幽涧浴胎禽③。
万古不磨意，中流自在心。
天风吹海雨，欲鼓伯牙琴④。

注释：

①韶濩：汤·乐名。《左传·襄公二十九年》："见舞《韶濩》者。"后亦指庙堂、宫廷之乐，或泛指雅正的古乐。

②芳洲搴杜若：搴，摘取。杜若，香草。芳草小洲折取香草。《楚辞·九歌·湘君》："采芳洲兮杜若，将以遗兮下女。"

③胎禽：鹤的别称。南朝·梁·陶弘景《瘗鹤铭》："相此胎禽，浮丘著经。"

④伯牙琴：喻指能奏出妙曲的琴。相传伯牙操琴，琴声高妙，唯钟子期知音。子期死，知音难觅，伯牙遂破琴绝弦，终身不复鼓琴。见《吕氏春秋·本味》。后以"伯牙琴"用来为痛悼知音惜其难遇之典。

浅解：

此诗为饶公勉励学生做学问的诗歌，体现其做学问严谨的态度和独立的精神。做学问，要牢记古人追求立功、立德、立言三不朽的精神；保持中流砥柱的坚定态度，继承前人开创属于自己的独立精神。

简译：沐浴更衣为君歌唱，脱俗云山雅正古音。芳草小洲折取香草，幽僻溪涧仙鹤戏水。万古长青不磨本意，中流砥柱自在我心。天地风吹夹杂海雨，想要弹奏伯牙之琴。

赠别独峰①兼贻汉翘②

故人惜分携③，小别弥年载。
我去三神山④，君亦入江海⑤。
挥涕鹡鸰原⑥，东归⑦竟有待。
万顷一抹吞，片语九州骇。
繁忧⑧坐相袭⑨，只虑鬓毛改。
江楼喜再逢，九衢⑩鲜爽垲⑪。
冻雨与洗尘，招饮⑫劳王宰。
眼看绿阴浓，燕归春尚在。
此夜月正圆，若为勖光彩。

注释：

① 独峰：黄独峰（1913—1998），名山，号榕园，又号五岭老人，广东揭阳人，著名中国画画家。

② 汉翘：王汉翘（1914—2005），号弘远居士，斋室名葆光书堂，广东潮安人。师承简琴斋。大风堂门人。

③ 分携：离别。唐·李商隐《饮席戏赠同舍》诗："洞中屐响省分携，不是花迷客自迷。"

④ 三神山：佛教神山，此处无实指。

⑤ 江海：泛指四方各地。《后汉书·蔡邕传》："邕虑卒不免，乃亡命江海，远迹吴会。"

⑥ 鹡鸰原：《诗·小雅·常棣》："脊令在原，兄弟急难。"脊令，后即以"鹡鸰在原"比喻兄弟友爱之情。

⑦ 东归：指回故乡。因汉唐皆都长安，中原、江南人士辞京返里多言东归。三国·魏·曹操《苦寒行》："我心何怫郁，思欲一东归。"

⑧ 繁忧：重重忧虑。唐·杜甫《雨》诗之四："繁忧不自整，终日洒如丝。"

⑨ 相袭：因循；先后沿袭。汉·刘歆《移书让太常博士》："圣帝明王，累起相袭。"

⑩九衢：纵横交叉的大道；繁华的街市。《楚辞·天问》："靡萍九衢，枲华安居。"王逸注："九交道曰衢。"
⑪爽垲：高爽干燥。《左传·昭公三年》："子之宅近市，湫隘嚣尘，不可以居，请更诸爽垲者。"
⑫招饮：招人宴饮。

浅解：

此诗表达了饶公与阔别多年的友人相聚之欢快之景：多年的羁旅，好友各自奔波，却难忘兄弟友情。有缘再次相聚，乡音不改，鬓毛已衰，将情寄托于诗歌之上，只言片语表达内心澎湃之情，春意盎然，花好月圆，就连上天都为我们的相聚而感到欣慰。

简译：故友感伤离别之苦，暂别至今已有多年。我羁旅前往三神山，君亦周游四方各地。挥涕难掩兄弟情谊，归回故乡赋作诗歌。天地万顷一齐吞下，只言片语九州惊骇。重重忧虑接踵而来，乡音无改鬓毛已衰。欣喜有缘再次相逢，繁华街市如此高爽。暴雨为我们洗去凡尘，以礼待宾招人宴饮。眼看此际绿阴浓郁，燕子归去春天尚在。此夜圆月高悬天际，特意为我们增添光彩。

选堂晚兴

高楼俯大荒①，浮云任变化。隐几②万卷书，亦足藏天下。茗搜文字肠③，洁宫守智舍。（管子："心者智之舍也。"）浩歌④送北风，俛焉⑤俟⑥来者。

注释：

①大荒：荒远的地方；边远地区。《山海经·大荒东经》："东海之外，大荒之中，有山名曰大言，日月所出。"

②隐几：靠着几案，伏在几案上。《孟子·公孙丑下》："有欲为王留行者，坐而言，不应，隐几而卧。"

③茗搜文字肠：化用宋·黄庭坚《次韵杨君全送酒》"茗搜文字响枯肠"之句，形容竭力思考的样子。

④浩歌：放声高歌，大声歌唱。《楚辞·九歌·少司命》："望美人兮未来，临风怳兮浩歌。"

⑤俛焉：俛拾，形容极其勤奋。

⑥俟：等待。

浅解：

读书明心，高节睿智，饶公能从人间世中超脱，找寻到安顿之方，自足而独立的哲学人文底蕴亦在他的诗中显现。

简译：高楼俯视荒远之地，苍穹浮云千变万化。伏在几案读书万卷，足以囊括天下知识。冥思苦想搜索枯肠，高洁令人心平气和。迎着北风放声高歌，俯拾仰取以待来者。

天坠故不忧，四十心未动。
极目寒波外，九州纷总总①。
且酌杯深浅，莫问鼎轻重②。
有人夜持山③，案上长供奉。

郑君宝沪自夏威夷、藤田君公郎自东京，皆来及门，酒次书此示之。

注释：

①总总：杂乱貌。《逸周书·大聚》："殷政总总若风草，有所积，有所虚。"
②问鼎轻重：问鼎的大小轻重。指妄图夺取天下。此指莫管世间纷扰之事。
③夜持山：典出《庄子·内篇·大宗师第六》有言："夫藏舟于壑，藏山于泽，谓之固矣！然而夜半有力者负之而走，昧者不知也。"夜半时分，从大壑深泽中负舟而走，代表了一种自然不可抗拒的力量。

浅解：

　　世间万物超乎人类思索的范围，人间一切兴衰荣辱的轮回渺小而荒唐，饶公能够看透这一切，用自身坚强的韧性以及维持自我心性本源平静的力量、豁达的胸襟来抵抗对人生无常和人世兴衰的恐惧。

　　简译：天塌下来也不忧愁，人到四十心未触动。极目四望寒波之外，九州四海纷纷扰扰。且将杯中之酒尽饮，莫要过问世间俗事。有人半夜将山移走，神力令人案上供奉。

雅琴篇示因明　和唐司马逸客原韵

　　四夷①交侵②雅乐废,渌水白雪③迥难寻。蜀声骏快吴声婉,判然湖海与山林。南来抽琴几俦侣④,时时登陟⑤青萝岑⑥。日暮寒蝉助凄切,久客忧思壮难任。中夜月光来入户,拂衣⑦起坐抚鸣琴。琴兮贵自然,何取轸玉与徽金⑧。泠泠⑨十指间,宛闻太古之遗音。胸吞云梦⑩吾吴子,翛然⑪无名复无己。有声响可追宗文,无弦心欲通栗里⑫。烂柯⑬廿载辞乡国,眼中之人今老矣。疏越⑭数声物尽静,知君深已契妙理。坐忘好客辄移情⑮,(姚莘农号坐忘斋主。)松风⑯萧飒秋月明。静听元音⑰生腕底⑱,大弦温润小弦清。惭我推吟乏清脆,对客往往不成声。时耷久不闻韶雅⑲,天涯难有知音者。雍门⑳饮泣㉑又几人,落叶微风力宁寡。关关嘤嘤㉒凤归林,巍巍荡荡㉓洞庭野。海角于喁㉔乐未央,手挥目送㉕自成章。佳篇远来抵球璧㉖,索居㉗谁共理笙簧㉘。不图坡公落儋㉙耳,还使枯桐起峄阳㉚。且咏南风㉛扇南服㉜,怅望山高楚水长。(叔雍先和作。)轻绰低吟味外味,韵古声希澹可贵。襄之岘山鲁徂徕㉝,今人孰会琴川意。盍从此处泯人天,入木三分莫断弦。覃思㉞有声无文处,相期忘义复忘年。

注释:

①四夷:泛指外族、外国。清·魏源《〈圣武记〉叙》:"不忧不逞志于四夷,而忧不逞志于四境。"
②交侵:迭相侵犯。《后汉书·谢弼传》:"昔周襄王不能敬事其母,戎狄遂至交侵。"
③渌水白雪:古曲名。《文选·马融〈长笛赋〉》:"中取度于《白雪》、《渌水》。"李周翰注:"《白雪》、《渌水》,雅曲名。"
④俦侣:伴侣;朋辈。三国·魏·嵇康《兄秀才公穆入军赠诗》之一:"徘徊恋俦侣,慷慨高山陂。"
⑤登陟:登上。晋·孙绰《游天台山赋》序:"举世罕能登陟,王者莫由禋

祀，故事绝于常篇，名标于奇纪。"

⑥青萝岑：青萝又名松萝，一种攀生在石崖、松柏或墙上的植物。岑，小而高的山。

⑦拂衣：提起或撩起衣襟。《左传·襄公二十六年》："〔叔向〕曰：'奸以事君者，吾所能御也。'"

⑧轸玉与徽金：轸玉，乐器上的玉制弦柱。徽金，金饰的琴徽。亦用作琴徽的美称。金·董解元《西厢记诸宫调》卷四："其《琴操》曰：琴琴，轸玉，徽金。其操雅，其趣深。"

⑨泠泠：形容声音清越、悠扬。晋·陆机《招隐诗》之二："山溜何泠泠，飞泉漱鸣玉。"

⑩胸吞云梦：旧题唐·冯贽《云仙散录·笔头若耶》引《征文玉井》：张曲江（九龄）语人云：学者常想胸次吞云梦泽，笔头涌若耶溪，量既并包，文亦浩瀚。云梦：古泽薮名，说法不一，通常指今湖北省潜江县西南一带，或包括洞庭在内。后来用"胸吞云梦"，比喻胸襟阔大气量宽宏，能大度包容。

⑪翛然：无拘无束貌；超脱貌。《庄子·大宗师》："翛然而往，翛然而来而已矣。"

⑫栗里：地名。在今江西省九江市西南。陶潜曾居于此。南朝·梁·萧统《陶靖节传》："渊明尝往庐山，弘命渊明故人庞通之赍酒具于半道栗里之间。"萧统在《陶渊明传》中的记载："渊明不解音律，而蓄无弦琴一张，每酒适，辄抚弄以寄其意。"

⑬烂柯：南朝·梁·任昉《述异记》卷上："信安郡石室山，晋时王质伐木，至，见童子数人，棋而歌，质因听之。童子以一物与质，如枣核，质含之，不觉饥。俄顷，童子谓曰：'何不去？'质起，视斧柯烂尽，既归，无复时人。"后以"烂柯"谓岁月流逝，人事变迁。

⑭疏越：疏通瑟底之孔，使声音舒缓。《礼记·乐记》："清庙之瑟，朱弦而疏越，一唱而三叹，有遗音者矣。"孔颖达疏："越，谓瑟底孔也，疏通之使声迟，故云疏越。"后以指悠扬、隽永。

⑮移情：变易情志。唐·吴兢《乐府古题要解·水仙操》："伯牙学鼓琴于成连先生，三年而成……成连云：'吾师子春在海中，能移人情。'"

⑯松风：指松林之风，亦指《风入松》曲之别称。此处代指美好的音乐。

⑰元音：纯正而完美的声音。常用以指诗歌。清·袁枚《随园诗话》卷四："夫诗为天地元音，有定而无定，恰到好处，自成音节。"

⑱腕底：手腕之下，即手指。
⑲韶雅：《韶》乐和《雅》乐的合称，代指俊美优雅的音乐。
⑳雍门：战国时齐国著名琴师雍门子周，抱琴去拜见孟尝君田文，孟尝君问道："先生您鼓琴也能使我悲伤吗？"雍门子周说："处于悲伤境况中的人，鼓琴能使他感叹流涕；像您这样，高官厚禄，衣食住行，无不畅意，再会鼓琴的人，也不能让你悲伤。"看到孟尝君洋洋自得，雍门把话锋一转，又说道："不过您困迫过秦国，攻伐过楚国，无论是合纵还是连横都取得成功。但是人无远虑，必有近忧啊！"孟尝君问道："此话怎讲？"雍门徐徐拨动琴弦，若有所思地说："难道您就没有忧患吗？像秦楚这样的强国，要对你这小小的薛邑封地进行报复，易如反掌。千秋万岁之后，庙堂无人祭祀，高台倾塌，曲池干涸，坟墓上童竖放牧，樵夫为歌。人们想到如此尊贵的您也落到这境地，都会为您难过的。"孟尝君听到这里，已是两眼泪水汪汪。雍门子周又引琴而鼓，拨动宫商羽角之音，一曲未终，孟尝君已是涕泪交加，泣不成声，叹道："先生一鼓琴，已令田文我立即如破国亡邑之人了！"后遂以"雍门泣"、"孟尝泪"等写悲伤，感叹沦落之意，犹司马青衫也。
㉑饮泣：泪流满面，进入口中。形容极度悲痛。汉·司马迁《报任安书》："然李陵一呼劳军，士无不起，躬自流涕，沫血饮泣，更张空拳，冒白刃，北向争死敌者。"
㉒关关嘤嘤：鸟的鸣声。汉·张衡《归田赋》："王雎鼓翼，鸧鹒哀鸣，交颈颉颃，关关嘤嘤。"
㉓巍巍荡荡：形容道德崇高，恩泽博大。语出《论语·泰伯》："大哉尧之为君也！巍巍乎！唯天为大，唯尧则之。荡荡乎，民无能名焉。"
㉔于喁：相和之声。《庄子·齐物论》："前者唱于而随者唱喁。"陆德明释文引李轨曰："于喁，声之相和也。"
㉕手挥目送：手挥：挥动手指弹琴；目送：眼睛追视归鸿。手眼并用，怎么想就怎么做。三国魏·嵇康《赠兄秀才公穆入军》诗："目送归鸿，手挥五弦，俯仰自得，游心太玄。"
㉖球璧：泛指珍宝。明·王洪《题黄学士八世祖宋校理衮告身三道后十二韵》："球璧非常器，璠玙尚谨诸。"
㉗索居：孤身独居。《礼记·檀弓上》："吾离群而索居，亦已久矣。"
㉘笙簧：指笙。簧，笙中之簧片。《礼记·明堂位》："垂之和钟，叔之离磬，女娲之笙簧。"

㉙坡公落儋：宋·苏东坡被贬海南儋州。
㉚枯桐起峄阳：峄山南坡所生的特异梧桐，古代以为是制琴的上好材料。语出《书·禹贡》："羽畎夏翟，峄阳孤桐。"
㉛南风：南方的音乐。《左传·襄公十八年》："吾骤歌北风，又歌南风，南风不竞，多死声。"
㉜南服：古代王畿以外地区分为五服，故称南方为"南服"。《文选·谢瞻〈王抚军庾西阳集别时为豫章太守庾被征还东〉诗》："祗召旋北京，守官反南服。"
㉝襄之岘山鲁徂徕：湖北襄阳县南的岘山，山东省泰安县东南的徂徕山。
㉞覃思：深思。《书序》："于是遂研精覃思，博考经籍，采摭群言，以立训传。"

浅解：

鼓琴能使人悲伤，"雍门之泣"、"孟尝之涕"，都是琴声为之。琴既为冶心之具，又为感伤之具，可陶冶性情、变化气质，令人达到和谐境界，古琴尤胜。了解琴音，正是一种精神享受。对于能够弹奏的人来说，尚不失为道德的陶冶。饶公在作品之中即阐述其对琴乐的观点。

简译： 外族侵犯雅乐荒废，渌水白雪无处可寻。蜀乐骏快吴音清婉，判若湖海山林之别。远方朋辈抚琴共奏，相邀同登青萝崖壁。夜晚寒蝉增添凄切，久客他乡忧思难任。夜半月光潜入屋户，撩起衣襟轻抚鸣琴。琴声远凡尘归自然，无需弦柱琴徽作饰。十指之间悠扬流露，宛如听到太古遗音。胸襟开阔我为吴子，超然脱俗无名无己。有声之乐可追宗文，无弦寄意心通陶潜。辞乡廿年人事变迁，相熟之人今已老矣。乐声悠扬万物俱静，君已深知其中妙理。莘农好客移人情致，松风萧飒秋月明亮。纯美之音自手而出，大弦温润小弦清雅。琴声不清脆心中有愧，对客往往五音不全。蔽塞已久韶雅不闻，天涯海角知音难觅。雍门鼓琴几人悲泣，微风寡力轻吹落叶。凤鸾啼鸣归返山林，洞庭之野恩泽博大。海角唱和乐声不止，挥手目送自成章法。佳乐传来珍如球璧，谁与孤者共奏笙乐。苏公落儋来此探奇，使峄阳枯桐声名扬。且将唱响南方之曲，山高水长惆怅张望。轻吹低吟味外之味，古韵希声淡然可贵。襄阳岘山泰安徂徕，今人谁懂琴中之意。何不从此忘却人天，入木三分琴弦莫断。深思有声无文之乐，期待超脱尘俗之境。

赠吴纯白

碣石幽兰①声久绝，残帙②晚自扶桑③出。
此弄消息宜缓解④，寥寥千载知音难。
川东隐谷有君子，头白眼花劳十指。
时艰孰买调千金⑤，独行空奏凤归林⑥。
偶然操缦⑦鸾凰叫，翠竹啼秋芙蓉笑。
九疑⑧嗣响⑨存若亡，长清短清⑩归混茫⑪。
疗饥⑫徒说紫芝⑬好，谁为置君洞庭傍。

注释：

① 碣石幽兰：《碣石调·幽兰》，中国古代琴曲。该曲琴谱为现存最早的琴曲谱，亦是今天唯一所见的减字谱发明前保存于文字谱上的乐谱。《碣石调·幽兰》相传为孔子所作，是我国现存最早的古琴曲谱。十九世纪末，杨守敬先生在日本访求古书的时候，发现了这首琴曲。
② 残帙：指残卷。《明史·徐渭传》："后二十年，公安袁宏道游越中，得渭残帙以示祭酒陶望龄，相与激赏，刻其集行世。"
③ 扶桑：日本。《南齐书·东南夷传赞》："东夷海外，碣石、扶桑。"
④ 此弄消息宜缓解：《碣石调·幽兰》谱末小注："此弄宜缓，消息弹之。"
⑤ 调千金：碣石调幽兰第五有"千金调"。
⑥ 凤归林：碣石调幽兰第五有"凤归林"。
⑦ 操缦：操弄琴弦。《礼记·学记》："不学操缦，不能安弦。"
⑧ 九疑：在湖南宁远县南。《山海经·海内经》："南方苍梧之丘，苍梧之渊，其中有九疑山，舜之所葬，在长沙零陵界中。"郭璞注："其山九谿皆相似，故云'九疑'。"
⑨ 嗣响：谓继承前人的事业，如响应声。多用于诗文方面。《文选·沈约〈宋书·谢灵运传论〉》："若夫平子艳发，文以情变，绝唱高踪，久无嗣响。"
⑩ 长清短清：指古琴曲名，魏晋时期嵇康所作"嵇氏四弄"，《长清》、《短

清》、《长侧》、《短侧》。
⑪混茫：混杂不清；模糊。清·龚自珍《古史钩沉论二》："列国小学不明，声音混茫，各操其方，微孔子之雅言，古韵其亡乎！"
⑫疗饥：解饿，充饥。汉·张衡《思玄赋》："聘王母于银台兮，羞玉芝以疗饥。"
⑬紫芝：真菌的一种，也称木芝。似灵芝。菌盖半圆形，上面赤褐色，有光泽及云纹；下面淡黄色，有细孔。菌柄长，有光泽。生于山地枯树根上。可入药，性温味甘，能益精气，坚筋骨。古人以为瑞草。道教以为仙草。汉·王充《论衡·验符》："建初三年，零陵泉陵女子傅宁宅，土中忽生芝草五本，长者尺四五寸，短者七八寸，茎叶紫色，盖紫芝也。"

浅解：

　　此诗谈琴乐，诗中抒发知音难觅，雅乐难求之悲。为古乐不存，人心不向往感到无奈。

　　简译：《碣石调幽兰》久绝于人世，喜从日本获得珍贵残卷。此弄宜缓解消息而弹之，寥寥千百年间知音难求。川东地区深隐高雅之士，年事已高仍旧不废琴乐。时世的艰难谁买千金调，一意孤行空奏凤归林调。兴起操弄琴弦鸾凤啼鸣，秋天竹叶翠绿芙蓉轻笑。天下九疑之风名存实亡，长清短清声音终归混茫。人人皆说紫芝充饥甚好，谁会真正为它置君洞庭。

听吕振原弹琵琶

火凤①新声调可哀,子弦②轻捻漫低徊;
已惊运拨如风雨,又挟蕤宾③指上来。
(君门人冯德明亦推却能手,如廉郊之为曹纲惺灵弟子也。)

注释:

①火凤:隋唐时期非常流行的乐府曲调。
②子弦:较细的丝弦,做三弦、琵琶、南胡的外弦用。
③蕤宾:古乐十二律中之第七律。律分阴阳,奇数六为阳律,名曰六律;偶数六为阴律,名曰六吕。合称律吕。蕤宾属阳律。

浅解:

听古琴家吕振原弹琵琶,古韵中透露着新声,如风似雨令人惊叹,深沉淡雅回味无穷。

简译:《火凤》新声之调深沉悲壮,轻推细捻丝弦回味无穷。运拨如风似雨令人吃惊,指上推却蕤宾韵律挟来。

鼓琴寄蔡德允

风雷①入手疑奔霆,潇湘②水国云冥冥。
夜啼有乌③朝飞雉④,古调今人尚爱听。
洗尽喧聒⑤筝琵耳,横江仿佛扬湘灵⑥。
一弹应使墨翟⑦喜,再弹可助屈平⑧醒。
亦知至和⑨无攫绎⑩,终遣妙响出玲玎⑪。
神如无厚入有间⑫,指若旧刃发新硎⑬。
嗟余略会琴中趣,心弦愿保常惺惺。
咫尺但愁难觌面⑭,飞鸿空送数峰青。

注释:

①风雷:《风雷引》为周朝贺云所作。
②潇湘:即《潇湘水云》,南宋·郭沔所作。
③夜啼有乌:指琴曲《乌夜啼引》或《乌啼引》。唐·元稹《听庾及之弹〈乌夜啼引〉》诗:"谪官诏下吏驱遣,身作囚拘妻在远……今君为我千万弹,《乌啼》啅啅泪澜澜。
④朝飞雉:《雉朝飞操》是古代著名的琴曲,始著录于西汉后期扬雄的《琴清英》。到了东汉后期,蔡邕的《琴操》和应劭的《风俗通义》都提到这首琴曲。
⑤喧聒:谓闹声刺耳。晋·郭璞《江赋》:"千类万声,自相喧聒。"
⑥湘灵:古代传说中的湘水之神。《楚辞·远游》:"使湘灵鼓瑟兮,令海若舞冯夷。"
⑦墨翟:墨子(前468—前376),名翟,春秋末期战国初期宋国(今河南商丘)人,一说鲁国(今山东滕州)人,是战国时期著名的思想家、教育家、科学家、军事家、社会活动家,墨家学派的创始人,有《墨子》一书传世。
⑧屈平:屈平,字原,通常称为屈原,又自云名正则,号灵均,汉族,战国末期楚国丹阳(今湖北秭归)人,楚武王熊通之子屈瑕的后代。屈原是中

国古代最伟大的浪漫主义诗人之一，也是我国已知最早的著名诗人。他创立了"楚辞"这种文体，也开创了"香草美人"的传统。代表作品有《离骚》、《九歌》等。

⑨至和：极和谐、安顺。《大戴礼记·王言》："所谓天下之至知者，能用天下之至和者也。"

⑩攖绎：烦恼困扰。

⑪玲玎：玉石等相击的清脆声，此指琴声。唐·皮日休《太湖诗·入林屋洞》："人语散颃洞，石响高玲玎。"

⑫无厚入有间：用这样薄的刀刃刺入有空隙的骨节。《庄子·养生主·庖丁解牛》："彼节者有间，而刀刃者无厚；以无厚入有间，恢恢乎其于游刃必有余地矣！"

⑬旧刃发新硎：硎发新刃，像新磨的刀那样锋利。《庄子·养生主》："是以十九年而刀刃若新发于硎。"

⑭觌面：当面；迎面；见面。宋·陆游《前诗感慨颇深犹吾前日之言也明日读而悔之乃复作此然亦未能超然物外也》诗："世人欲觅何由得，觌面相逢唤不应。"

浅解：

此诗为赠诗，诗中化用古琴曲《风雷引》、《潇湘水云》、《乌夜啼引》、《雉朝飞操》而无拘泥之感，为读者展现了古琴曲高雅之风，亦表现了饶公对琴曲的热爱，同时对香港著名古琴家蔡德允表达了惺惺相惜之情以及无法见面的惋惜。

简译：《风雷》入手似奔驰之闪电，《潇湘》一曲水天幽冥深远。夜里有《乌啼》白昼有《朝飞雉》，古琴古调今人依旧爱听。古筝琵琶洗尽世间喧闹，仿佛湘水之神横陈江上。一弹定可以使墨子欢喜，再弹可以帮助屈平苏醒。亦知和谐安顺无烦恼困扰，终弹出清脆悦耳之美声。神妙如薄刃刺骨节空隙，手指若硎发新刃般锋利。叹自己略能领会琴中趣，动人心弦与我惺惺相惜。近在咫尺却愁难以相见，抚琴空送飞鸿越过数峰。

听梁高阳挡筝①

寒泉汨汨②入清寥,金雁钿蝉③手自调;
肠断十三弦④上语,思归云路正迢迢。
(筝曲有思归乐。)

注释:

①挡筝:用手指尖弹奏的筝。指尖拨弦,音色相对于用拨子弹奏较柔和。挡筝约始于魏,隋唐十部乐中,西凉乐和高丽乐曾用。朝鲜半岛和我国朝鲜族伽耶琴用指尖弹奏。《六书故》记载:"挡,五指抠摰也。"
②汨汨:象声词。形容水或其他液体流动的声音。《文选·木华〈海赋〉》:"崩云屑雨,浤浤汨汨。"
③金雁钿蝉:金雁,筝柱。钿蝉,筝饰。亦借指筝。唐·温庭筠《弹筝人》诗:"钿蝉金雁皆零落,一曲《伊州》泪万行。"
④十三弦:十三弦就是筝。因筝有十三根弦而得名。

浅解:

听筝曲引起了饶公的思乡之感,从侧面显示了梁高阳挡筝之乐深入人心,情感丰富。

简译:寒泉汨汨渐入清寥之境,手调金雁钿蝉灵活自如;筝声悦耳令人肝肠寸断,《思归》路途遥远而无边。

黄钟白纻①动湘灵,轻按声迟拍转停;
十曲新翻谁得似,红窗影里樾林青。
(唐时秦筝十曲以樾林叹红窗最为人爱重。)

注释:

①黄钟白纻:黄钟,以黄钟调为基音之乐曲。白纻,吴国乐府舞曲名。

浅解：

此诗再进一步描写了梁高阳筝乐的娴熟的技法和创新之风，饶公陶醉于"动湘灵"的乐曲之中。

简译：《黄钟》、《白纻》感动湘水之神，轻按声迟拍转停技法高；十曲新翻谁能与之媲美，红窗影里槲林格外青翠。

正月三日选堂琴会

虚牖生闲云,开轩①眺平楚②。
轻拂鸣琴弹,疑对苍石语。
溶溶③春水动,霭霭④谿岚⑤聚。
遗情⑥外尘嚣⑦,忘机⑧孰宾主。
风暖雉雊⑨木,海昏鸠唤雨。
扫壁⑩筼筜⑪响,展席蛟龙舞。
取兴在烟霞,接景足游处。
蓬屋非春台⑫,聊可阅众甫⑬。

注释:

①开轩:开窗。三国·魏·阮籍《咏怀》之十五:"开轩临四野,登高望所思。"

②平楚:犹平野。宋·文天祥《汶阳道中》诗:"平楚渺四极,雪风迷远天。"

③溶溶:和暖。宋·苏轼《哨遍》词:"初雨歇,洗出碧罗天,正溶溶养花天气。"

④霭霭:云雾烟密集貌。《二刻拍案惊奇》卷十九:"春晚喧喧布谷鸣,春云霭霭簷溜滴。"

⑤谿岚:溪谷的雾气。唐·白居易《题元八溪居》诗:"谿岚漠漠树重重,水槛山窗次第逢。"

⑥遗情:留下情思。三国·魏·曹植《洛神赋》:"於是背下陵高,足往神留,遗情想象,顾望怀愁。"

⑦尘嚣:世间的纷扰、喧嚣。晋·陶潜《桃花源》诗:"借问游方士,焉测尘嚣外。"

⑧忘机:消除机巧之心。常用以指甘于淡泊,与世无争。宋·司马光《花庵独坐》诗:"忘机林鸟下,极目塞鸿过,为问市朝客,红尘深几何?"

⑨雉雊:雉鸣叫。《礼记·月令》:"(季冬之月)雁北乡,鹊始巢,雉雊

鸡乳。"
⑩扫壁：比喻清幽简朴的生活。
⑪箮筜：一种皮薄、节长而竿高的生长在水边的大竹子。
⑫春台：春日登眺览胜之处。《老子》："荒兮其未央，众人熙熙，如享太牢，如登春台。"
⑬众甫：万物的开始。《老子》："以阅众甫。"

浅解：

  饶公春日以琴会友，感悟自然之道，坦然自在有如道家"无为"思想，放情寄命烟霞之中，坦然游赏足踏之地，体现饶公豁达之心态。

  简译：白云窗外悠然飘拂，开启窗户远眺平野。轻轻抚琴弹奏幽曲，面对白石消解疑惑。气暖春水溶溶流动，溪谷云雾密集汇聚。情思飞出喧嚣之外，忘却机巧混淆宾主。暖暖风吹雉鸟鸣叫，大海昏沉鸠鸽唤雨。轻扫尘壁竹林响彻，舒展苇席蛟龙舞动。放情寄命烟霞之中，坦然游赏足踏之地。陋室虽非览胜之处，闲暇亦可感知万物。

吉川善之教授宿热海草宋诗概说，录贻近制，赋此奉报，并东神田小川两博士

热海摊书①地，澄天气象兼。
秋生万木杪②，意在最高尖。
秀句辉岩壑，端居③理带签。
说诗如治水，应不较毫纤。

注释：

①摊书：摊开书本，谓读书。唐·杜甫《又示宗武》诗："觅句知新律，摊书解满床。"

②杪：树枝的细梢。指年月或四季的末尾。

③端居：谓平常居处。唐·孟浩然《临洞庭赠张丞相》诗："欲济无舟楫，端居耻圣明。"

浅解：

吉川善之教授在热海撰写《宋诗概说》，贻赠近作给饶公，饶公作此诗答谢。诗中对吉川善之教授考议宋诗概说表示赞赏，并在诗中寄托了饶公的诗歌理论，阐释诗歌不宜过分尖钻，而应如同治水一样发散思维。

简译：本州热海读书之地，天地澄净气象万千。已近深秋万木凋零，秋意已到最高之处。优美之文耀照岩壑，闲居考议宋诗概说。阐释诗歌如同治水，应不宜计较细小隐微。

蒙庄①聊适己②，下笔自洸洋。放眼乾坤白，悲秋蕙草③黄。穹芦传胜解，（小川教授敕勒考，深佩胜义。）莈圃④忆吟床。（畅盦藏书绝句云："莈圃风流昔欲参。"）何日同幽讨，衔杯④问水王。（易林海为水王。）

注释：

①蒙庄：指庄周。唐·刘禹锡《伤往赋》："彼蒙庄兮何人！予独累叹而长吟。"

②适己：犹自得。《史记·老子韩非列传》："（庄子）其言洸洋自恣以适己，故自王公大人不能器之。"

③蕙草：香草名。又名熏草、零陵香。战国·楚·宋玉《风赋》："故其清凉雄风，则飘举升降……猎蕙草，离秦衡。"

④荛圃：黄丕烈（1763—1825），清著名藏书家、目录学家、校勘家。字绍武，一字承之，号荛圃，绍圃，又号复翁、佞宋主人、秋清居士、知非子、抱守主人、求古居士、宋廛一翁、陶陶轩主人、学山海居主人、秋清逸叟、半恕道人、黄氏仲子、民山山民、龟巢老人、复见心翁、长梧子、书魔、独树逸翁等。长洲（今江苏苏州）人。乾隆五十三年（1788）举人，官主事，嘉庆六年（1801）发往直隶知县不就，专一治学和藏书。

⑤衔杯：口含酒杯。多指饮酒。晋·刘伶《酒德颂》："捧罂承槽，衔杯漱醪。"

浅解：

此诗对吉川善之教授在诗论方面的成就大加赞赏，期盼相聚之时再续前缘。

简译：庄子言论悠然自得，下笔自然洸洋自恣。放眼展望天地之间，感叹秋天草木枯黄。深居考议功夫了得，风流才气如同荛圃。何时相聚共同畅谈，寄情酒樽问业水王。

张谷雏①命题所庋潘冷残②画卷

申齐心无著，闲处笔如椽③。
写石谢蛮巧，深得静者④便。
游心⑤太古初，浑不受拘牵。
草木爱华滋⑥，荆关⑦久摩研⑧。
元气何淋漓，看与日月悬。
经卷欣同好，非翁谁为缘。
昨者视潘笔，石交⑨已沉泉。
妙才余斤质⑩，尺幅开山川。
文采终不磨，过眼倏云烟。
荒寒水墨间，尚有诗争妍。
岭海⑪数流辈，残也实当先。
坛坫⑫非寂寞，继起者连连。
伊余⑬等曹郐⑭，非陌复非阡。
奉手⑮苦无由，空嗟岁月迁。
百年能几何，力贫买醉筵。
拂拭生怆楚，抚卷心茫然。
友道⑯旧所敦，幸宝此戋戋⑰。

注释：

①张谷雏：张虹（1894—1965），字谷雏，号申齐。顺德人。与高剑父游历杭州山水。继而居庐山，所绘《庐山景色山水册》融会南北各画派风格。先后参加癸亥合作画社、国画研究会。所藏三国、隋唐五代、宋金元明清名家书画、佛像、经卷、玉石等颇丰，系统独备。著有《元画综》、《砂壶图考》、《古玉考释》等。

②潘冷残：潘达微（1880—1929），字铁苍，号景吾，又号冷残，寄尘，别署冷道人、中国无赖等。番禺人。光绪三十一年（1905），与何仲华、高

剑文、陈垣、岑学侣、谢英伯等人始创《时事画报》于广州，1926年与书画、篆刻家邓万岁设立国画研究会香港分会。

③笔如椽：喻大手笔或重要的文墨之事。

④静者：深得清静之道、超然恬静的人。多指隐士、僧侣和道徒。《吕氏春秋·审分》："得道者必静，静者无知。"

⑤游心：浮想骋思。三国·魏·嵇康《赠兄秀才入军》诗："目送归鸿，手挥五弦，俯仰自得，游心泰玄。"

⑥华滋：形容枝叶繁茂。《古诗十九首·庭中有奇树》："庭中有奇树，绿叶发华滋。"指画中之景。

⑦荆关：荆门山。泛指险要之地。唐·李白《送张遥之寿阳幕府》诗："寿阳信天险，天险横荆关。"

⑧摩研：切磋研究。《后汉书·苏竟传》："走昔以摩研编削之才，与国师公从事出入，校定祕书，窃自依依，末由自远。"

⑨石交：交谊坚固的朋友。《史记·苏秦列传》："大王诚能听臣计，即归燕之十城。燕无故而得十城，必喜；秦王知以己之故而归燕之十城，亦必喜。此所谓弃仇雠而得石交者也。"

⑩斤质：指不会消逝的物件，与人相对。

⑪岭海：指两广地区。其地北倚五岭，南临南海，故名。唐·韩愈《潮州刺史谢上表》："虽在万里之外，岭海之陬，待之一如畿甸之闲，辇毂之下。"

⑫坛坫：指文人集会或集会之所。明·方孝孺《宋山言墓表》："自长洲韩公以文学为海内宗，群士坛坫，莫盛于吴中。"

⑬伊余：自指，我。三国·魏·曹植《责躬诗》："伊余小子，恃宠骄盈。"

⑭曹邾：春秋小国。诗人自指谦语。

⑮奉手：陪伴；追随。清·陈康祺《郎潜纪闻》卷十三："若嫌余生晚，不获与诸君奉手者，余亦为之怃然。"

⑯友道：朋友交往的准则。汉·孔融《论盛孝章书》："公诚能驰一介之使，加咫尺之书，则孝章可致，友道可弘矣。"

⑰戋戋：《易·贲》："六五，贲于丘园，束帛戋戋。"朱熹本义："戋戋，浅小之意。"一说为堆积貌。

浅解：

　　此诗为评画诗，诗中对潘冷残的残卷写意之形象、刻画之仔细尤为推崇。并对张谷雏与潘冷残画作有此缘分备感欣慰；对文艺界人才辈出充满信心；对岁月易逝、人才作古感到惋惜。

简译：申齐之画心无挂碍，舞文弄墨大笔如椽。写意山石避其蛮巧，深得清静无知之道。浮想骋思太古之初，完全不受拘泥牵制。草木繁茂欣欣向荣，险要之地刻画仔细。传达精神淋漓尽致，可与悬空日月齐光。君能得此心仪画卷，此等缘分非翁莫属。当年欣赏潘画之人，坚固交谊早已消逝。才人留下珍贵物品，尺幅之中开拓山川。文采始终不可磨灭，岁月过眼忽如云烟。荒凉寒冷水墨之间，尚有诗歌与之争妍。岭南地区人才辈出，潘冷残实属佼佼者。文艺之地并不寂寞，后起之秀接连不断。我等只是曹邻之徒，自由自在毫无顾忌。追随先者苦无理由，只能空叹岁月变化。百年之间究竟几何，竭力争得一醉方休。拂拭尘土暗生怆楚，手抚残卷心中茫然。朋友之道古今推崇，浅小之感以示欣慰。

圣诞大伤风，杜门①偃卧。越二日，俭甫招雪曼伉俪同游新巴黎农场。至则卉木向荣，群动飞潜，饶有生意，积疴为之顿失。归来读东坡和子由园中草木②，走笔依韵，得十一首。

消痾③作郊游，座列山川彦。
畏风更凌风，谈虎初色变。
终乃御风行，拂面反忘倦。
初阳展于温，百卉任舒卷。
蕙亩椒台④间，光迟觉气婉。
览物⑤本无心，暂悟欣所遣。
掩鼻泗欲流，唯恐湿瓜蔓⑥。
破涕力成笑，置身在兰畹。
梅萼⑦方吐春，莫讶岁时晚。

注释：

①杜门：闭门。
②和子由园中草木：宋·苏轼《和子由记园中草木》诗韵。
③消痾：病痛消失。
④蕙亩椒台：蕙亩，指园圃或良田。椒台，后妃宫廷中的亭台。椒，取芳香之义。南朝·梁·沈约《三日侍凤光殿曲水宴应制》诗："光迟蕙亩，气婉椒台。"
⑤览物：观看风物。南朝·宋·谢灵运《于南山往北山经湖中瞻眺》诗："抚化心无厌，览物眷弥重。"
⑥瓜蔓：瓜的藤蔓。此指草卉。
⑦梅萼：梅花的蓓蕾。宋·欧阳修《玉楼春·题上林后亭》词："池塘隐隐惊雷晓，柳眼未开梅萼小。"

浅解：

饶公伤风初愈，与友人同游新巴黎农场。郊游途中忘却身体不适，全然投身于春意盎然的大自然之中，心中郁积得到释放。全诗恬静轻快，充满意趣。

简译：出门郊游使病痛消失，山岳河流豪迈俊彦。畏惧风吹却迎风而至，惊惧不已徒然变色。最终依旧御风而行，微风拂面忘记疲倦。初升太阳挥洒暖气，花草树木恣意舒卷。园圃和亭台之间，阳光迟至倍感柔和。观看风物本来无意，临时顿悟心性所至。遮掩鼻翼涕泪欲流，唯恐浸湿花木草卉。停止伤感强颜欢笑，身处如此美好之地。临春梅枝花苞欲放，莫要惊讶岁时延误。

野竹无人问，经冬倏成林。
况兹草木状，翠质足夸矜①。
文通②叹命微，镌骨③尚能任。
欲以写劳魂，兼为缀灵襟④。
采采⑤须及时，未老尚可簪⑥。
莫待搔更短，银发逐秋深。
燕语⑦斜阳外，谁为管废兴。
攀折⑧遗所思，仆病谢未能⑨。

注释：

①夸矜：夸耀。《史记·货殖列传》："心夸矜势能之荣。"
②文通：通达文学。
③镌骨：刻骨。
④灵襟：胸怀。唐太宗《初春登楼即目观作述怀》诗："凭轩俯兰阁，眺瞩散灵襟。"
⑤采采：茂盛，众多貌。《诗·秦风·蒹葭》："蒹葭采采，白露未已。"此指人值盛年。
⑥簪：用来绾住头发的一种首饰。此处形容人未老去。
⑦燕语：指燕子鸣叫。南朝·梁·萧统《锦带书十二月启·姑洗三月》："鱼游碧沼，疑呈远道之书；燕语雕梁，状对幽闺之语。"
⑧攀折：拉折；折取。南朝·梁简文帝《折杨柳》诗："杨柳乱成丝，攀折上春时……曲中无别意，并为久相思。"
⑨仆病谢未能：有病未能至。枚乘《七发》："太子曰：'仆病未能也。'"

浅解：

　　饶公患病游赏，叹人生苦短，须珍惜现时，所谓"花开堪折直须折，莫待无花空折枝。"

　　简译：荒野之竹无人问津，经过冬季忽长成林。更让人惊叹其现状，青翠碧绿令人赞叹。属文感叹生命卑微，铭记于心尚能承受。欲把梦劳魂想抒发，并将心中郁积释然。人生苦短及时把握，趁着年轻尚可簪戴。莫要等到头发渐短，白发暗生如入深秋。斜阳之外燕子畅鸣，谁去管那兴衰存亡。折枝聊慰我的情思，病患在身无法满足。

　　　　　　今岁春回早，海棠开旋老。
　　　　　　无烦烧烛照，红妆①堪拜倒。
　　　　　　寇莫大阴阳②，万汇恣意造。
　　　　　　为此顷刻花③，徒尔伤天巧④。
　　　　　　何劳大匠斫⑤，手伤神自耗。
　　　　　　君看明朝雨，坠茵⑥泣野草。（海棠。）

注释：

①红妆：指女子的盛妆。因妇女妆饰多用红色，故称。古乐府《木兰诗》："阿姊闻妹来，当户理红妆。"
②寇莫大阴阳：《庄子·庚桑楚》："寇莫大于阴阳，无所逃于天地之间。"伤害没有大于阴阳的。
③顷刻花：唐·韩愈侄韩湘，落魄不羁，对酒则醉，醉则高歌，愈教而不听。湘笑曰："湘之所学，非公所知。"即作《言志》诗一首，中有"解造逡巡酒，能开顷刻花"之句，愈欲验之。适开宴，湘预末坐，取土聚于盆，用笼覆之，巡酌间，花已开。岩花二朵，类世牡丹，差大艳美，合座惊异。事见宋·刘斧《青琐高议·韩湘子》。后以"顷刻花"指忽然开放的神奇花朵。
④天巧：不假雕饰，自然工巧。唐·韩愈《答孟郊》诗："规模背时利，文字觑天巧。"
⑤匠斫：原典出于《庄子·徐无鬼》，左思《魏都赋》："剺冈掇，匠斫积

习。"袁宏道《答曾退如》："志序尚未见，先兄传已借尊名作之，代大匠斫，宁不伤指，今附去请教。"

⑥坠茵：花朵飘落。

浅解：

海棠花姿潇洒，花开似锦，苏轼即有："只恐夜深花睡去，故烧高烛照红妆。"咏海棠之句。饶公化用苏轼"故烧高烛照红妆"，认为"无烦烧烛照，红妆堪拜倒。"用情更甚，对用尽自然工巧海棠花给予了极大的赞美和怜爱。

简译：今年春季早早来临，海棠花儿鲜媚绽放。无须劳烦烛光烧照，女子盛妆黯然失色。伤害没有大于阴阳，气吞万汇恣意汪洋。为了开放神奇花朵，不惜用尽自然工巧。何须劳烦名匠雕饰，劳神伤手耗损精力。请君待到明朝雨落，海棠花落野草抽泣。

托根①无何乡，确乎不可拔。
非叶亦田田②，濯淖③无须插。
几曾战膏粱④，饮冰而食蘗⑤。
相望有鹿豕⑥，嚅呴⑦犹宿约⑧。
矍然泥不滓⑨，过雨翠如泼。
心比后凋松，从不伤摇落。（水莲。）

注释：

①托根：犹寄身。
②田田：形容荷叶相连的样子。古乐府《江南》中有"莲叶何田田"的句子。
③濯淖：谓浸渍。《史记·屈原贾生列传》："濯淖污泥之中，蝉蜕于浊秽，以浮游尘埃之外。"
④膏粱：肥美的食物。《国语·晋语七》："夫膏粱之性难正也。"
⑤饮冰而食蘗：谓生活清苦，为人清白。语本唐白居易《三年为刺史》诗之二："三年为刺史，饮冰复食蘗。唯向天竺山，取得两片石。此抵有千金，无乃伤清白。"

⑥鹿豕：鹿和猪。比喻山野无知之物。《孟子·尽心上》："舜之居深山之中，与木石居，与鹿豕游，其所以异于深山之野人者几希。"
⑦嚅呴：吞吐呼吸。
⑧宿约：事先或旧时的约言。唐·姚合《谢秦校书与无可上人见访》诗："道同无宿约，三伏自从容。"
⑨皭然泥不滓：清白；洁净。《史记·屈原贾生列传》："皭然泥而不滓。"

浅解：

莲花"出淤泥而不染"为历代诗人所吟咏赞美，此诗亦从莲花"高洁"之品入笔，展现其清苦的心性，亦是饶公自身写照。

简译：没有根茎可以寄身，随波逐流不可抽拔。不仅只有荷叶茂密，浸渍污泥无须栽插。哪里有过肥美食物，饮冰食蘖清苦淡然。山野之物相互照望，嗳嚅呴沫如同约定。清白洁净淤泥不染，细雨浇淋翠绿异常。高雅如同后凋之松，从不因摇落而伤感。

　　　　有花铺如锦，有叶翠如蒲。
　　　　亦曾劳蝶翅，颇复抒蜂须①。
　　　　经春凋谢尽，未如草夏枯。
　　　　委名等地瓜，落拓②在江湖。
　　　　江湖罕见怜，植者毋乃劬③。
　　　　寄语赵广汉④（赵昌），可取入画图。（番薯花。）

注释：

①亦曾劳蝶翅，颇复抒蜂须：蝶翅，蝴蝶展翅；蜂须，蜂的触须。唐·朱庆余《题蔷薇花》诗："粉著蜂须腻，光凝蝶翅明。"
②落拓：豪放，放荡不羁。《北史·杨素传》："素少落拓有大志，不拘小节。"
③劬：充分思索，劳心。
④赵广汉：赵昌，字昌之，北宋时期（公元11世纪），广汉剑南（今四川剑阁之南）人，生卒年不详。性情爽直高傲，刚正不阿。工书，擅画花果，多作折枝花，兼工草虫。

浅解：

此诗赞扬番薯花卑贱而放荡之本性，借而指代孤高之品质，体现饶公对敢于寂寞，"贫贱不能移"品格的推崇。

简译：繁花铺地鲜艳美丽，枝叶青翠嫩如蒲团。曾令蝴蝶展翅起舞，又让蜜蜂触须采蜜。历经春天凋谢殆尽，未如草木经夏枯萎。委名附质以待地瓜，放荡不羁驰骋天地。甘耐寂寞罕见怜爱，种植无须劳心劳力。在此寄语画家赵昌，可取此花创作画作。

谁共倚斜阳，今春红倍早。
先鸣恐啼鸠①，泣血以终老。
向来芳草地，不待雪霜槁②。
春泥枉护花，意同马恋皂③。
慨然唱金缕④，空自伤怀抱。
百岁等惊波⑤，歌焉代纻缟⑥。（杜鹃花。）

注释：

①先鸣恐啼鸠：《离骚》："恐鹈鴂（tíjué）之先鸣兮，使夫百草为之不芳！""鹈鴂"，即杜鹃鸟，爱在春末夏初鸣叫，所以杜鹃一叫，百花就凋谢了。
②槁：槁干。此指霜雪消融。
③恋皂：犹恋栈。
④金缕：曲调《金缕曲》、《金缕衣》的省称。唐·罗隐《金陵思古》诗："绮筵《金缕》无消息，一阵征帆过海门。"
⑤惊波：惊险的巨浪。汉·张衡《西京赋》："散似惊波，聚似巨峙。"
⑥纻缟：纻衣与缟带。《左传·襄公二十九年》："〔吴季札〕聘于郑，见子产，如旧相识。与之缟带，子产献纻衣焉。"后因以"纻缟"为友朋交谊之典。

浅解：

杜鹃啼鸣百花凋谢，光阴有限，岁月易逝，令饶公感怀伤逝，结尾处提出质问：此等心思谁能理解，并期盼知音的回复。

简译：是谁与之共倚斜阳，今年春季开花倍早。怕是啼鴂提前鸣叫，泣血不停以至终老。一贯以来芳草绽放，不会等到霜雪消融。化作春泥枉然护花，如同倦马依恋栖处。感慨独唱金缕衣曲，懊恼愁闷积于怀中。百年之中惊涛骇浪，歌曲唱罢以待知音。

爱熊如爱鱼，豢养在中厅。争栗共儿曹①，恩爱不加钉。仁心及百物，提携出户庭②。一旦恝然③去，垂涕叹竛竮④。兽也有至情，涵濡⑤雨露青。兹来睹同类⑥，徒伤物象泠⑦。（熊。俭溥旧蓄一小熊，日与儿曹戏狎。熊渐大，不中留，移赠植物公园，以增市趣。）

注释：

① 儿曹：犹儿辈。《史记·外戚世家褚少孙论》："是非儿曹愚人所知也。"
② 户庭：户外庭院。亦泛指门庭、家门。《易·节》："不出户庭，无咎。"
③ 恝然：漠不关心貌，冷淡貌。宋·辛弃疾《醉翁操》词序："又念先之与余游八年，日从事诗酒间，意相得欢甚，于其别也，何独能恝然。"
④ 竛竮：即竛竮。行走不稳貌。宋·苏轼《芙蓉城》诗："绕楼飞步高竛竮，仙风锵然韵流铃。"
⑤ 涵濡：滋润；沉浸。宋·苏辙《墨竹赋》："今夫受命于天，赋形于地，涵濡雨露，振荡风气。"
⑥ 同类：此指熊，饶公认为其有至真至情，与己相类。
⑦ 泠：悲凉。

浅解：

此诗从豢熊这一小故事表达人与自然的关系。万物皆有灵性，想要更好协调和促进人与动物的关系，就应该摒弃我们是"万物主人"的心理偏见，真正将自身归于动物行列当中，才能赋予动物的生命更崇高的价值与含义。

简译：爱惜小熊如爱鱼儿，豢养在家中厅里面。与孩儿们嬉戏游玩，如胶似漆亲密无间。宅心仁厚爱及百物，小熊渐大送出门户。忽然成为陌路之徒，悲伤涕泪不能自已。野兽也有至真至情，同样经过雨露浸润。如今前来目睹同类，感叹世间物象悲凉。

　　　　结队将奚适①，方塘可图南②。
　　　　眼明观至乐③，口彻谕真甘④。
　　　　沦漪⑤映叶卷，蒲稗⑥隐镜涵⑦。
　　　　蒙庄⑧自濠上⑨，大士⑩往提蓝。
　　　　去来无涯苦，资君⑪一笑堪。
　　　　满地金银气，对此将无惭。（金鱼。）

注释：

① 奚适：犹言奚啻，何止，即到哪里而止。《淮南子·道应训》："跖之徒问跖曰：'盗亦有道乎？'跖曰：'奚适其无道也。'"王念孙曰："适与啻同。"见《读书杂志·淮南内篇十二》。

② 图南：《庄子·逍遥游》载：北冥有鱼，其名为鲲。化而为鸟，其名为鹏。鹏之徙于南冥也，水击三千里，抟扶摇而上者九万里，背负青天而莫之夭阏者，"而后乃今将图南"。后以"图南"比喻人的志向远大。

③ 至乐：最大快乐。

④ 真甘：真实意味。

⑤ 沦漪：即沦猗。微波；水生微波。《诗·魏风·伐檀》："河水清且沦猗。"

⑥ 蒲稗：蒲草与稗草。亦用以指相近相依的事物。《文选·谢灵运〈石壁精舍还湖中〉诗》："芰荷迭映蔚，蒲稗相因依。"

⑦ 镜涵：像镜子一样映照万物。唐·李复言《续玄怪录·薛伟》："见江潭深净，秋色可爱，轻涟不动，镜涵远虚。"

⑧ 蒙庄：即庄子。

⑨ 濠上：濠水之上。《庄子·秋水》记庄子与惠子游于濠梁之上，见鲦鱼出游从容，因辩论鱼知乐否。后多用"濠上"比喻别有会心、自得其乐之地。

⑩ 大士：观音大士。《红楼梦》第五十回："不求大士瓶中露，为乞嫦娥槛外梅。"

⑪ 资君：有智慧的人。

浅解：

此诗描写金鱼，化用"辩论鱼知乐否"之典故，阐释别有会心、自得其乐境界之可贵。

简译：成群结队将往何方？池塘潜游志向远大。眼明心亮可获快乐，口中品味真实旨意。水中微波交映卷叶，蒲稗相依隐于水镜。庄子游于濠梁之上，观音大士竹篮提鱼。离去归来苦海无涯，聪明之人一笑而过。满地皆是金银之气，还有什么可以羞耻的。

王孙①悲慕类②，此处足清游。
崖边罗桂树，丛生山之幽。
仰攀俯步涔③，犹越百尺沟④。
首似冠狻猊⑤，尾若溜悬抽⑥。
何来此异物，盘根踞蹲虬⑦。
不用狐假威，应无狗敢偷⑧。（狮猴。）

注释：

①王孙：猴的别称。汉·王延寿《王孙赋》："有王孙之狡兽，形陋观而丑仪。"
②慕类：思慕俦类。汉·刘安《招隐士》："猕猴兮熊罴，慕类兮以悲。"
③步涔：山中坑泉。
④百尺沟：《水经注》记载："斯洨水，东分为二水，枝津右出焉，东南流，谓之百尺沟。"
⑤狻猊：狮子。《尔雅·释兽》："狻猊如虦猫，食虎豹。"
⑥溜悬抽：从山崖上垂直下落的小股水流。
⑦蹲虬：盘卧苍龙。
⑧应无狗敢偷：即狗偷鼠窃之辈。像鼠狗那样的盗贼。比喻成不了气候的反叛者。

浅解：

饶公笔下的狮猴威风霸气，安之若素。畅游山林自由自在，上山涉水行动自如，形似狮子，厉如苍龙，展现着"美猴王"般的气势。

简译：猴子悲鸣思慕同类，此处足可清雅游赏。悬崖边上桂树林立，丛草生于幽山之中。仰攀高山俯涉流水，如同跨越百尺沟渠。头部酷似威武狮子，尾巴如若山崖落流。哪里来的怪异生物，安然盘坐稳如苍龙。根本不用狐假虎威，鼠狗盗贼应不敢偷。

似从会稽①来，赪首②辉夺目。
垂柳荫黄喙，饮啄③山之麓。
谁写五千文，换此颜如玉。
翠尾④从天降，影浸寒波绿。
羡煞懒虾蟆，冷比陶潜菊。
哀鸣三两声，清佩⑤杂琴筑⑥。
吾心久亦遐，欲谱阳春曲。（白鹅、天鹅。）

注释：

①会稽：山名。在浙江省绍兴县东南。相传夏禹大会诸侯于此计功，故名。一名防山，又名茅山。《左传·哀公元年》："越子以甲楯五千保于会稽。"
②赪首：红色的冠。
③饮啄：饮水啄食。比喻自由自在地生活。语本《庄子·养生主》："泽雉十步一啄，百步一饮，不蕲畜乎樊中。"
④翠尾：泛指绿色的鸟尾。唐·杜牧《鹦鹉》诗："避笼交翠尾，罅嘴静新毛。"
⑤清佩：清灵无暇之美玉。
⑥琴筑：琴鼓奏的乐声。

浅解：

此诗以空灵之境描写脱俗天鹅，从侧面衬托"饮啄"自由，身段"如玉"，像"羡煞懒虾蟆，冷比陶潜菊"。饶公感同身受，亦洗涤心境谱奏阳春高雅之曲。

简译：疑似会稽山中而来，红色冠首光辉夺目。细柳低垂荫护黄喙，山脚之下自由生活。谁能赋写五千文字，以此换得美颜如玉。翠尾摇摆从天而降，倩影倒映冷波泛绿。让癞蛤蟆美慕嫉妒，陶潜之菊黯然失色。时而仰头啼鸣几声，清灵如玉声若琴筑。令我心中遐想连篇，想要吟奏阳春之曲。

西海^①昔所贡,起舞心自知。
翠羽以为旌,引得箫声悲。
不随登天去,一落沧海湄。
凤皇在笯中^②,肯与鸡鹜^③期。
融爚甘隐处^④,释痏^⑤有湘蒻^⑥。
广志靡所忧,聊复忘渴饥。(孔雀。)

注释:

①西海:传说中西方之神海。《楚辞·离骚》:"路不周以左转兮,指西海以为期。"
②凤皇在笯中:即"凤凰在笯"。凤凰被关在笼中。比喻有才能者不能施展抱负。战国·楚·屈原《九章·怀沙》:"凤凰在笯兮,鸡鹜翔舞。"
③鸡鹜:鸡和鸭。比喻小人或平庸的人。战国·楚·屈原《九章·怀沙》:"凤凰在笯兮,鸡鹜翔舞。"
④融爚甘隐处:鸾凤隐伏逃窜啊。融爚(yuè),光亮。汉·贾谊《吊屈原赋》:"弥融爚以隐处兮。"
⑤释痏:消解忧伤。痏,忧伤成病。
⑥湘蒻:居于月窟的隐逸养鹤人。清·王韬《淞隐漫录》:"女曰:'此鹤湘蒻之所豢也。遣以迎君,当别有意。'生曰:'湘蒻何人也?'女曰:'彼居月窟中,与余东西相对,距此不远,当导君一往见之。今且小住作清谈,余欲略询下方风景也。'"

浅解:

此诗起首对孔雀甘于没落平庸提出疑问,又化用贾谊《鹏鸟赋》之典阐述孔雀真正的心思。志向远大从来不会庸人自扰,隐于山林比登天更为难能可贵。诗中包含真情,亦是饶公对自身向往之境的自我阐发。

简译:传说西海所贡神鸟,翩翩起舞随心所欲。碧翠之羽是其标志,牵引箫声渐入悲境。不愿登天去做圣鸟,甘愿生长沧海河岸。如凤凰被困在笼中,与平庸的鸡鸭为伍。鸾凤甘于隐伏逃窜,消解忧伤惟有湘蒻。志远而不庸人自扰,想到此处忘记渴饥。

汤展云挽词　用东坡李台卿韵

萧然①瘦鹤姿，芳风②出言笑。啸歌③审唇吻④，神理⑤通关窍。韵溯梁山温⑥，想属詹公钓⑦。平生半面新，颇接三语妙⑧。世衰默守玄⑨，道丧余观徼。睿音忽已遐，世事吁难料。律谷⑩春罢暖，慧灯⑪昏安照。波澜⑫思老成，德业⑬追年少。一卷汲古欢，九弄识宗要。（沙门神珙作九弄反纽螺纹侧纽，无能传其三昧者。君著缀语标音学。）遗编待杀青⑭，潜德⑮久弥耀。九原⑯文子悲，三号⑰秦佚⑱吊。由来太古心，岂辞末代诮⑲。

注释：

①萧然：潇洒；悠闲。晋·葛洪《抱朴子·刺骄》："高蹈独往，萧然自得。"
②芳风：美好的风尚和教化。此指汤展云之人品。汉·祢衡《颜子碑》："亚圣德，蹈高踪……秀不实，振芳风。"
③啸歌：长啸歌吟。《诗·小雅·白华》："啸歌伤怀，念彼硕人。"
④唇吻：比喻议论、口才。唐·柳宗元《贺赵江陵宗儒辟符载启》："中间因缘，陷在危邦，与时偃仰，不废其道，而为见忌嫉者横致唇吻。"
⑤神理：精神理致；旨意理路。《世说新语·言语》"晋武帝每饷山涛"刘孝标注引《谢车骑家传》："玄（谢玄）字幼度，镇西奕第三子也，神理明俊，善微言。"
⑥梁山温：南北朝时代梁朝的汉僧守温，所谓"守温三十六字母"，是其选定用来代表汉语语音中一定辅音（声母）的代表字。
⑦詹公钓：詹公，詹何，古得道善钓者。《淮南子·说山训》："詹公钓千岁之鲤。"
⑧平生半面新，颇接三语妙：宋·苏轼《吊李台卿（并叙）》："褚裒半面新，黡蒙一语妙。"
⑨守玄：保持清虚玄静。三国·魏·嵇康《卜疑》："宁如老聃之清净微妙，守玄抱一乎？"
⑩律谷：山谷名。即黍谷。在今北京密云县西南。相传地寒不生五谷，战国邹衍吹律于此而地温，始生黍，故名。《文选·谢庄〈宋孝武宣贵妃诔〉》：

"律谷罢暖。"

⑪慧灯：佛教语。犹慧炬。唐·钱起《归义寺题震上人壁》诗："溪鸟投慧灯，山蝉饱甘露。"

⑫波澜：比喻诗文的跌宕起伏。唐·杜甫《敬赠郑谏议十韵》："毫发无遗憾，波澜独老成。"

⑬德业：德行与功业。《后汉书·杨震传》："自震至彪，四世太尉，德业相继。"

⑭杀青：古人校书，初书于竹简上，改定后再书于绢帛。后因泛称缮成定本或校刻付印为"杀青"。南朝·梁武帝《撰〈孔子正言〉竟述怀》诗："删次起实沉，杀青在建酉。"

⑮潜德：谓不为人知的美德。汉·刘歆《遂初赋》："处幽潜德，含理神分。"

⑯九原：九州大地。《国语·周语下》："汨越九原，宅居九隩。"

⑰三号：三次号哭。《礼记·丧大记》："北面三号，卷衣投于前。"孔颖达疏："三号，号呼之声三遍也。"

⑱秦佚：老聃的朋友，生卒年不详，约生活于春秋时期。道家学派的代表人物。老聃死时，他到其灵前拱手致意，然后哭了三声就停止。他的理由是他以为老子是得道的圣人，现在知道不是的。哭号三声，并不是因为悲哀，是在与老聃辞别。一号，是说他的出生合乎自然之理；二号是说他的死也是合乎自然之理；三号是说他所传授的自然无为的道理也是合乎自然之理。

⑲诮：责骂。

浅解：

此诗饶公表达对汤展云先生的突然辞世感到悲痛万分，回忆汤展云先生的音容、人品、在标音学的贡献等事迹，化用秦佚三号之典表达对其辞世的惋惜和无奈。

简译：潇洒自得消瘦如鹤，言谈举止风雅幽渊。长啸歌吟口才了得，精神理致诀窍直通。韵律追溯梁朝守温，遵循詹公得道之理。一生之中推陈出新，颇能提出精妙之语。衰落之时保持玄静，道德沦丧观察归趋。睿智音容忽已消逝，世事变化出人意料。山谷春季暖意消散，慧炬暗处安然照耀。诗文跌宕思想老成，德行功业追逐年少。文章一卷继承古风，九弄反纽识别宗要。遗留著作有待编印，隐藏美德光耀后人。九州文人悲痛万分，秦佚凭吊哭号三声。有亘古不变的真心，哪里会怕身后骂名。

山椒①看日落　用昌黎南溪韵三首

客心②恋残阳，稍坐遂忘返。
沧沧凉凉意，凭谁问近远。
六螭欲安之，悬车在峻坂③。
须臾坠蒙谷④，万牛力莫挽。
胜事⑤惬幽期⑥，归谋脱粟饭⑦。
山外水连天，难觅旧崖偃⑧。
长安在何处，所悲蕙草⑨晚。
无女对高丘⑩，瑶台空偃蹇⑪。

注释：

① 山椒：山顶。汉武帝《李夫人赋》："惨郁郁其芜秽兮，隐处幽而怀伤；释舆马于山椒兮，奄修夜之不阳。"

② 客心：旅人之情，游子之思。汉·王粲《家本秦川贵公子孙遭乱流寓自伤情多》诗："沮漳自可美，客心非外奖。常叹诗人言，式微何由归。"

③ 六螭欲安之，悬车在峻坂：六螭，指太阳。神话传说日神乘车，驾以六龙，羲和为御者。悬车，形容险阻。峻坂，陡坡。《初学记》引《淮南子·天文训》："爰止羲和，爰息六螭，是谓悬车。"注："日乘车，驾以六龙，羲和驭之。"

④ 蒙谷：山名。古代传说日入之处，此指日落。《淮南子·天文训》："（日）至于蒙谷，是谓定昏。"

⑤ 胜事：美好的事情。《南齐书·竟陵文宣王子良传》："子良少有清尚，礼才好士……善立胜事，夏月客至，为设瓜饮及甘果，著之文教。"

⑥ 幽期：隐秘或幽雅的约会。南朝·宋·谢灵运《撰征赋》："石（黄石公）幽期而知贤，张（张良）揣景而示信。"

⑦ 粟饭：糙米饭。《宋书·宗悫传》："乡人庾业，家甚富豪，方丈之膳，以待宾客，而悫至，设以菜菹粟饭。"

⑧ 偃：盛气凌人。

⑨蕙草：香草名。又名薰草、零陵香。战国·楚·宋玉《风赋》："故其清凉雄风，则飘举升降……猎蕙草，离秦衡。"
⑩无女对高丘：高丘指楚王，女指贤臣。楚·屈原《离骚》"哀高丘之无女。"王注："女以喻臣。"《文选》五臣云："女，神女，喻忠臣。"洪补注："《离骚》多以女喻贤臣，不必指神女。"钱杲之注："女喻贤臣，可配君者。"
⑪瑶台空偃蹇：瑶台，美玉砌的楼台。亦泛指雕饰华丽的楼台。《楚辞·离骚》："望瑶台之偃蹇兮，见有娀之佚女。"

浅解：

饶公于山顶看日落，从日落之无法挽留感叹时光之易逝，又化用离骚之典表达对怀才羁旅之士志向无法得到施展的无奈，希望时间有惜才爱时之情，正如"无女对高丘，瑶台空偃蹇。"如果没有贤臣辅佐君王，那么宫殿再美也只会空落萧条。

简译：游子之心眷恋残阳，稍稍驻留忘记归回。苍苍凉凉寒冷之意，向谁询问远近程度。六龙驾日令人心安，险峻陡坡驱车而行。须臾之间日落山谷，万牛之力亦难挽留。美好之事不期而遇，粗糙米饭已可满足。山外之景水天一色，陡峭之崖难以寻觅。天涯何处是长安？感慨哀怜迟暮蕙草。没有贤臣辅佐君王，世间只剩高耸楼台。

飘飘①何所系，海角一孤舟。叠叠②风上波，送愁苦未休。晨熹正微茫③，遍照天尽头。慆慆日月徂④，峥嵘怅淹留⑤。连峰⑥如囚山⑦，悬解⑧将何由。劳人腓无胈⑨，稻梁开旧畴⑩。陈力⑪终岁劳，畎亩⑫谁分忧。过眼浮云生，天地尚悠悠⑬。朝阳终丽景，倾柯⑭得所投。（用鲍照园葵赋。）板荡⑮莫赓歌⑯，诗亡继春秋⑰。

注释：

①飘飘：漂泊貌。形容行止无定。晋·陆机《从军行》："苦哉远征人，飘飘穷四遐。"
②叠叠：即"迭迭"，往来自得貌。《关尹子·一宇》："道茫茫而无知乎？心倀倀而无羁乎？物迭迭而无非乎？"

③晨熹正微茫：即"熹微"。形容阳光不强。
④慆慆日月徂：慆慆，长久。《诗·豳风·东山》："我徂东山，慆慆不归。"日月徂，即"日月徂迁"。指时光消逝；流逝。宋·王安石《曹太皇神主祔庙慰皇帝表》："日月徂迁，礼有顺变，伏望少抑至情，以幸天下。"
⑤峥嵘怅淹留：形容岁月逝去而内心惆怅。《文选·鲍照〈舞鹤赋〉》："岁峥嵘而愁暮，心惆怅而哀离。"
⑥连峰：山峰座座相连，形容山势的连绵险峻。唐·李白《蜀道难》："连峰去天不盈尺。"
⑦囚山：被困山中。唐·柳宗元有《囚山赋》，后多以赋"囚山"来抒发对投闲置散生活的感慨。
⑧悬解：犹言解倒悬。谓在困境中得救。《后汉书·王允传论》："若王允之推董卓而引其权，伺其间而敝其罪，当此之时，天下悬解矣。"
⑨劳人腓无胈：劳苦奔波累得腿肚子消瘦。《庄子·天下篇》："腓无胈，胫无毛，沐甚雨，栉疾风，置万国。"
⑩旧畴：先辈旧产。
⑪陈力：贡献、施展才力。汉·班彪《王命论》："举韩信于行阵，收陈平于亡命，英雄陈力，群策毕举。"
⑫畎亩：田地；引申指民间。《后汉书·章帝纪》："每寻前世举人贡士，或起畎亩，不系阀阅。"
⑬悠悠：辽阔无际；遥远。《诗·王风·黍离》："知我者谓我心忧，不知我者谓我何求，悠悠苍天，此何人哉？"
⑭倾柯：谓使枝条倾斜下垂。南朝·宋·谢灵运《拟邺中咏·平原侯植》："倾柯引弱枝，攀条摘蕙草。"
⑮板荡：《板》、《荡》都是《诗·大雅》中讥刺周厉王无道而导致国家败坏、社会动荡的诗篇。后因以指政局混乱或社会动荡。南朝·宋·谢灵运《拟魏太子〈邺中集〉·王粲》诗："幽厉昔崩乱，桓灵今板荡。"
⑯赓歌：酬唱和诗。唐·李白《明堂赋》："千里鼓舞，百寮赓歌。"
⑰诗亡继春秋：《孟子·离娄下》云："王者之迹熄而诗亡，诗亡然后《春秋》作。"朱熹《孟子集注》云："'王者之迹熄'，谓平王东迁，而政教号令不及于天下也。'《诗》亡'，谓《黍离》降为《国风》而《雅》亡也。"

浅解：

饶公观日落，有"生年不满百，常怀千岁忧"之叹，岁月易逝，世事纷乱，令人惆怅。然诗歌的基调是规劝人们要能够通达世事，"过眼浮云生，天地尚悠悠。朝阳终丽景，倾柯得所投。"即使我们忧愁不断，天地依旧辽阔，枝条终将有所依靠，我们不应该为那些毫无益处的事而日夜烦忧。应当摒弃陋习，莫要酬唱《板》、《荡》诗篇，坚信诗衰落后，有如《春秋》般的大作能够出现，文学未来发展一片光明。

简译：飘忽不定何以依靠，天涯海角孤舟相伴。波涛随风悠然自得，只是愁苦绵绵不断。早晨阳光如此柔和，微光照遍天之尽头。羁旅不归时光易逝，岁月峥嵘心中惆怅。山峰相连如困山中，如何能从困境得救。劳苦奔波腿肚消瘦，稻谷高粱先辈旧产。施展才力终年劳苦，民间疾苦谁能分担。迅疾短暂浮云衍生，天地依旧辽阔无际。朝阳终使景物艳丽，枝条倾垂有所依靠。《板》、《荡》诗篇莫要酬唱，诗衰亡然后出现《春秋》大作。

璀璨闪华灯①，南服②赏奇迹。
聊为沓潮③吟，鲸呿复鳖掷④。
决眦⑤鲤鱼门⑥，势吞赵佗石⑦。
大雅久寝声⑧，余绪待推激⑨。
古人不可见，搔首风刺刺⑩。
情深将毋同，潭水真千尺⑪。
冲涛击危栏，霞彩明丹壁。
归来且放歌，无为拘形役⑫。

注释：

①华灯：雕饰精美的灯；彩灯。《楚辞·招魂》："兰膏明烛，华灯错些。"
②南服：古代王畿以外地区分为五服，故称南方为"南服"。《文选·谢瞻〈王抚军庾西阳集别时为豫章太守庾被征还东〉诗》："祗召旋北京，守官反南服。"
③沓潮：谓前潮未尽退而后潮迭至的潮水。唐·刘禹锡《沓潮歌》："屯门积日无回飙，沧波不归成沓潮。"
④鲸呿复鳖掷：呿：张口。鲸鱼张口，海龟腾跃。唐·杜牧《李贺集序》："鲸呿鳌掷，牛鬼蛇神，不足为奇虚荒诞幻也。"
⑤决眦：形容张目极视的样子。

⑥鲤鱼门：古代传说黄河鲤鱼跳过龙门（山西省河津市禹门口），就会变化成龙。《埤雅·释鱼》："俗说鱼跃龙门，过而为龙，唯鲤或然。"

⑦赵佗石：宋·贺铸《江夏八咏之六右赵佗石》关于"赵佗石"注：在鄂之南浦，长十许丈，高亦半焉，相传昔人沉舟之所化也。

⑧大雅久寝声：《大雅》之乐久以消声，唐·李白《古风·大雅久不作》："大雅久不作，吾衰竟谁陈。"

⑨推激：推崇激扬。唐·杜甫《夜听许十一诵诗爱而有作》诗："陶谢不枝梧，风骚共推激。"

⑩剌剌：象声词。状风声。唐·李商隐《送李千牛李将军越阙五十韵》："去程风剌剌，别夜漏丁丁。"

⑪潭水真千尺：化用李白《赠汪伦》诗句。

⑫形役：谓为形骸所拘束、役使。犹言被功名利禄所牵制、支配。晋·陶潜《归去来辞》："既自以心为形役，奚惆怅而独悲？"

浅解：

此诗继续借景抒情，人生如潮水，必须激昂奋进。情至深处，姑且高歌前行，不要被各种现实所约束，体现饶公独立之精神。

简译：光彩夺目如同彩灯，游赏南方奇特景色。赋作诗篇吟咏潮水，鲸鱼张口海龟腾跃。张目极视鲤鱼跃门，气势足吞赵佗峭石。《大雅》之乐久以消声，遗留思绪待人激扬。古人之风无法见到，焦急搔头风吹依旧。情到深处终将不同，潭水真有千尺之深。波涛汹涌击打栏杆，云霞艳丽耀明崖壁。回来姑且大声歌唱，不被形骸拘束人生。

读陶公乞食诗①

伍胥②奔吴市③,吹箫动九阍④。
野人或与块⑤,归国思晋文⑥。
贤哲伊昔然,乞食安足论。
陶公初投耒⑦,岂独为温饱。
拂衣⑧竟安之,行行⑨归田园。
叩门亦何事,其奈拙语言⑩。
呜呼天地宽,无处可安贫。
如何思冥报⑪,长怀漂母⑫恩。
士为知己死⑬,徒抱千载冤。
嗟嗟眼难瞑,悬之国东门⑭。

注释:

①陶公乞食诗:晋·陶潜《乞食诗》。
②伍胥:指伍子胥。唐·李白《江上赠窦长史》诗:"汉求季布鲁朱家,楚逐伍胥去章华。"
③吴市:吴都之街市。在今江苏苏州市。汉·袁康《越绝书·外传记吴地传》:"吴市者,春申君所造,阙两城以为市。在湖里。"
④吹箫动九阍:九阍,九天之门,此指遇到吴王。指伍子胥在吴国街市吹箫乞食而偶遇吴王的故事。
⑤野人或与块:即"野人与之块"。《左传·僖公二十三年》:"出于五鹿,乞食于野人,野人与之块。"(重耳与随从)从五鹿经过,向乡下人讨饭吃,乡下人给他们土块。
⑥归国思晋文:指晋文公重耳成就事业离不开他人的帮助。
⑦投耒:指放下农具休息。此指陶渊明求仕当官。晋·陶潜《饮酒》之十九:"畴昔苦长饥,投耒去学仕。"
⑧拂衣:振衣而去。谓归隐。晋·殷仲文《解尚书表》:"进不能见危授命,忘身殉国;退不能辞粟首阳,拂衣高谢。"

⑨行行：指情况进展或时序运行。晋·陶潜《饮酒》诗之十六："行行向不惑，淹留遂无成。"逯钦立注："行行，渐渐。"

⑩叩门亦何事，其奈拙语言：到了一个可以行乞的地方，面对开门相迎的主人却口将言而嗫嚅，到口的话却怎么也说不出。晋·陶潜《乞食》诗："行行至斯里，叩门拙言辞。"

⑪冥报：谓死后相报。晋·陶潜《乞食》诗："衔戢知何谢，冥报以相贻。"

⑫漂母：漂洗衣物的老妇。《史记·淮阴侯列传》："信（韩信）钓于城下，诸母漂，有一母见信饥，饭信，竟漂数十日。信喜，谓漂母曰：'吾必有以重报母。'母怒曰：'大丈夫不能自食，吾哀王孙而进食，岂望报乎！'……汉五年正月，徙齐王信为楚王，都下邳。信至国，召所从食漂母，赐千金。"后遂用为典实。晋·陶潜《乞食》诗："感子漂母惠，愧我非韩才。"

⑬士为知己死：出自《战国策·赵策一》。指甘愿为赏识自己、栽培自己的人献身。《战国策·赵策一》："豫让遁逃山中，曰：'嗟乎！士为知己者死，女为悦己者容。吾其报知氏之雠（通"仇"）矣。'"

⑭悬之国东门：把我的眼睛摘下来悬挂在都城东门之上。汉·司马迁《史记·伍子胥列传》："必树吾墓上以梓，令可以为器；抉吾眼悬吴东门之上，以观越寇之入灭吴也！"

浅解：

饶公读陶公《乞食诗》，借陶渊明乞食之无奈来表达自己对伍子胥蒙冤而亡的历史事实的愤恨。伍子胥遇吴王赏识，尽职尽忠，肯为知己者而死，多次规劝吴王伐越，然遭伯嚭谗言诬害，被吴王赐死，死前愤慨说道："我死了以后，一定要在我的墓上种上梓树，让它长成之后可以派用场，把我的眼睛摘下来悬挂在都城东门之上，我要亲眼看到越寇的入侵、吴国的灭亡。"是他身遭诬害的愤怒，也是对吴王昏庸的憎恨。

简译：伍子胥流浪于吴国，吹箫乞讨惊动吴王。乡下人馈赠他土块，晋文归国难离百姓。自古以来贤者如此，乞讨得食不足论道。陶公当年求仕当官，岂是为了温饱问题。振衣而去归隐安处，于田园间行走自由。敲门乞食所为何事，话到口中欲言又止。感叹天地如此宽广，却无一处栖息之地。白吃白拿如何报答，感谢漂母急难施惠。为赏识自己者而死，他人误解蒙冤千年。感慨如此难以瞑目，将我眼睛悬挂东门。

题冰谷风榆图为丕介

陵谷①变多端，朔风②吹何疾。
弥望③黑森林，乱峰争初日。

注释：

①陵谷：丘陵和山谷。宋·苏轼《飓风赋》："鼓千尺之涛澜，襄百仞之陵谷。吞泥沙于一卷，落崩崖于再触。"
②朔风：北风，寒风。三国·魏·曹植《朔方》诗："仰彼朔风，用怀魏都。"
③弥望：充满视野、满眼。宋·苏轼《论叶温叟分擘度牒不公状》："只如苏州积水弥望，众所共见。"

浅解：

　　此诗为题画诗，为我们展现了一幅旷野美图：陵谷奇骏，初阳悬空，幽暗森林中寒风疾吹，静物画中突显动态。

　简译：丘陵山谷变化多端，寒风阵阵何等猛烈。骋目远望黑暗森林，乱峰与初阳争俏。

层冰正峨峨，千里白未了①。
飒飒②风中榆，隆冬出奇娇。

注释：

①层冰正峨峨，千里白未了：化用《文选·〈楚辞·招魂〉》："增冰峨峨，飞雪千里些。"诗句。层冰犹厚冰。峨峨，高貌。
②飒飒：形容风吹动树木枝叶等的声音。《楚辞·九歌·山鬼》："风飒飒兮木萧萧，思公子兮徒离忧。"

浅解：

　　此诗进一步描绘了画中景物：冰谷风榆。寒冬时节榆树依旧傲然挺立，傲霜斗雪，令人钦佩。

　　简译： 厚实冰层巍峨高耸，雪覆千里一望无垠。榆树飒飒风中傲立，隆冬时节依然娇艳。

飞云海上来，帝车①方出震②。
静看塞两间，壁立山千仞。

注释：

①帝车：即北斗星。《史记·天官书》："斗为帝车，运于中央，临制四乡。"
②出震：八卦中的"震"卦位应东方。出震，即出于东方。唐·刘禹锡《武陵书怀五十韵》："继明悬日月，出震统乾坤。"

浅解：

　　此诗描绘了大气磅礴的天地之景，云雾飞腾，北斗闪现，天地开阔，群山绵延。

　　简译： 云雾飞腾自海而来，北斗星于东方显现。静静凝望天地之间，悬壁傲立群山千仞。

游子①晨何之，杳窕②凌霄汉。
力尚可缒幽③，及此冰未泮。

注释：

①游子：离家远游的人。《管子·地数》："夫齐，衢处之本，通达所出也，游子胜商之所道。"
②杳窕：渺远；深邃。唐杜甫《白沙渡》诗："差池上舟楫，杳窕入云汉。"
③缒幽：缘绳下坠于幽深之处。清·魏源《天台纪游》诗之二："缒幽阴平

师，凿险吕梁斧。"

浅解：

此诗转而抒发议论，眼前景物可让远游羁旅之人暂且忘记烦忧，深入幽静之地，感悟冰雪未融的平和之景。

简译： 羁旅之人清晨何往？不如进入渺远云空。气力尚可缘绳探幽，深入探索寒冰未融。

吹嘘①仗云霞，蛰虫②终未死。
此中有诗魂，我欲呼之起。

注释：

① 吹嘘：吹气使冷，嘘气使暖，吹冷嘘热可使万物枯荣。《后汉书·郑泰传》："孔公绪清谈高论，嘘枯吹生。"
② 蛰虫：藏在泥土中过冬的虫豸。《礼记·月令》："（孟春之月）冬风解冻，蛰虫始振。"

浅解：

虽寒冰层覆，然景中展现勃勃生机，云霞绮丽，万物终将复苏，所有一切引起了诗人的诗兴。

简译： 吹冷嘘热依仗云霞，过冬虫豸终未冻死。此景之中藏有诗魂，我要将它挖掘出来。

题日本摹刻韩干圉人呈马图

　　右卷为和工某氏所刻，题"韩干圉人呈马图"，上钤"建业文房之印"，则是南唐旧物。考河南邵氏闻见后录廿七，载南唐李侯阁中集，第九一卷画目，其上品九十五种，内有奚人习马图三，注云："韩干。又今人注：一在野僧家。"此集后有李伯时跋，谓其中名品，多流散士大夫家。所言今注，殆出伯时手也。阁中集为卷近百，想见建业当日收藏之富，此卷未知是否为奚人习马三卷之一。莘农出示此图，叔雍先有诗，命赓作，因再步东坡韵。

　　　　天马①西来青海②垂，络头③玉勒④鞚青丝⑤。
　　　　镌工妙镂韩干墨，健笔真同沙画锥⑥。
　　　　跃然纸上⑦穷殊相，草木披靡朔风驰。
　　　　汗血⑧奋飞可及日，莫使奚奴⑨任骉骊⑩。
　　　　阁中上品称神骏，建业墨印尤环奇。
　　　　岂同解甲⑪辞庙⑫日，万骑齐喑甘伏雌⑬。
　　　　焚余回鸾⑭今无恙，倘有鬼神呵护之。
　　　　伯时⑮经眼若摹绘，定必刿形而去皮。
　　　　张髯搜奇偶获此，骊黄⑯以外谁能知。
　　　　写神还待吴兴赵⑰，相骨毋劳支遁师⑱。

注释：

①天马：骏马的美称。《史记·大宛列传》："初天子发书《易》，云'神马当从西北来'。得乌孙马好，名曰'天马'。及得大宛汗血马，益壮，更名乌孙马曰'西极'，名大宛马曰'天马'云。"
②青海：东方之海。也借指传说中的海上仙山。《淮南子·墬形训》："青泉之埃，上为青云，阴阳相薄为雷，激扬为电，上者就下，流水就通，而合于青海。"高诱注："东方之海。"

③络头：马笼头。南朝·宋·鲍照《代结客少年场行》："骢马金络头，锦带佩吴钩。"

④玉勒：玉饰的马衔。北周·庾信《三月三日华林园马射赋》："控玉勒而摇星，跨金鞍而动月。"

⑤青丝：指马缰绳。南朝·梁·王僧孺《古意》诗："青丝控燕马，紫艾饰吴刀。"

⑥沙画锥：指笔触道劲匀整，不露锋芒。出自唐·颜真卿《张长史十二意笔法意记》："后闻于褚河南日，用笔当须如印泥画沙，思所以不悟。后于江岛遇见沙地平净，令人意悦欲书，乃偶以利锋画其劲险之状，明利媚好，乃悟用笔而锥画沙，使其藏锋，画乃沉着。"宋·黄庭坚《咏李伯时摹韩干之马》："李侯写影韩干墨，自有笔如沙画锥。"

⑦跃然纸上：活跃地呈现在纸上。形容作品真实生动。清·薛雪《一瓢诗话》三三："如此体会，则诗神诗旨，跃然纸上。"

⑧汗血：汗与血，亦指汗血马。晋·葛洪《抱朴子·文行》："汗血缓步，呼吸而千里。"

⑨奚奴：指北方少数民族之为奴者。唐·曹唐《暮春戏赠吴端公》诗："深院吹笙闻汉婢，静街调马任奚奴。"

⑩羁靮：马笼头和绊索。喻牵制束缚。宋·苏洵《颜书》诗："虞柳岂不好，结束烦羁靮。"

⑪解甲：脱下作战时穿的铠甲。《吴子·料敌》："道远日暮，士众劳惧，倦而未食，解甲而息。"

⑫辞庙：辞别祖庙。指帝王被俘，家国沦亡。南唐·李煜《破阵子》词："最是仓皇辞庙日，教坊犹奏别离歌。"

⑬伏雌：指母鸡。《乐府诗集·琴曲歌辞四·秦百里奚妻琴歌一》："百里奚，五羊皮。忆别时，烹伏雌，炊扊扅。今日富贵忘我为！"

⑭焚余回鸾：劫后回家。

⑮伯时：李伯时，名公麟，号龙眠居士，宋代安徽舒州人。元祐（1086—1094）进士，元符年间（1098—1100）拜御史大夫。博学好古，尤善画山水、佛像。李公麟是北宋时期一位颇具影响的名士，其白描绘画为当时第一。

⑯骊黄：犹言牝牡骊黄。喻指事物的表面现象。明·徐复祚《投梭记·应聘》："骊黄牝牡谁能究，尘埃物色难参透。"

⑰吴兴赵：赵孟頫（1254—1322），字子昂，号松雪，松雪道人，又号水精

宫道人、鸥波，中年曾作孟俯，汉族，吴兴（今浙江湖州）人。元代著名画家，楷书四大家（欧阳询、颜真卿、柳公权、赵孟頫）之一。

⑱支遁师：支遁大师，是晋朝名僧，号道林，俗姓关，陈留人。

浅解：

此诗对摹刻《韩干围人呈马图》中骏马的形象进行阐述，从侧面展现此摹本画工之细腻沉着，品类之上乘，对此上品之作能够历经战争劫难而保存下来表示欣慰，亦对中国画家技法精湛、人才辈出的局面感到自豪。

简译： 天降骏马传留东方之海，青丝紧系玉饰的马笼头。精细镂刻韩干妙笔生辉，落笔沉着真如锥画沙般。活现纸上彰显与众不同，风到之地草木随之倒伏。骏马疾驰而可逐日，莫为匈奴套绊索所束缚。《阁中集》赞为上品称神骏，建业文房收藏叹为神奇。岂能等国家沦亡而卸甲，万马沉寂无声如同母鸡。历经劫难回归如今无恙，天地倘有神灵保护它们。伯时见之如果摹绘下来，必定破开其形去其皮肉。莘农搜奇寻宝偶获此图，牝牡骊黄之外谁能参透。逼真传神惟吴兴赵孟頫，识别面相不劳烦支遁师。

楚缯书①歌　次东坡石皱歌韵

绘画原物既归 Sackler 博士，哥伦比亚大学特为召开讨论会，由 Goodrich 教授主其事，诗以纪之。

涂月②招摇③位当丑④，是孰维纲⑤讯蒙叟⑥。
久讶俶诡⑦劫灰余，旋出穷泉⑧不胫走。
因思黄缭⑨南方强，问天惠施⑩肆开口。
縰縰⑪铺陈数百言，悠悠况二千年后。
营丘⑫重黎⑬旧有图，平子描绘头唯九⑭。
于斯独举五木精⑮，待起邹生问榆柳⑯。
若从时月揣宜忌，艰于南北辨箕斗⑰。
初读只惊口衔箍⑱，细推倍觉襟见肘⑲。
妙悟偶然矜创获⑳，缺暗通篇多藜莠㉑。
最眷三闾悲长勤㉒，敢云千载许尚友㉓。
窈窕㉔方哀世多艰，神祀㉕但嗟民有彀。
当春行事勤卉木，论书波磔㉖异蝌蚪㉗。
曷以利众会诸侯，欲赍油素㉘叩黄耇㉙。
谁取幼官㉚校时则，漫稽尔雅㉛劳指㉜。
辞清直可追雅颂㉝，篇长何止俪钟卣㉞。
四神㉟格奠尊祝融，九州氾滥思鲧䲔㊱。
留与叔师㊲补楚骚，还笑退之悲岣嵝㊳。
拨柣应手未灰灭，地不爱宝㊴天所厚。
独看神像绕周围，不知指意属谁某。
我行万里获开眼，宝绘喜归贤者有。
考文㊵几辈费猜疑，历劫终欣脱箱杻。
感极咨嗟㊶且涕洟㊷，自古文章抵刍狗㊸。
钻研我意亦蹉跎㊹，摩挲㊺仿佛丧神偶㊻。

方今举国尽奔波,剟苔掘臼走黔首⁴⁷。
欲杜德机⁴⁸示地文⁴⁹,更穷嬴缩⁵⁰识天棓⁵¹。
博古龙威⁵²远流传,讲经虎观⁵³知去取。
且从书证试阐幽⁵⁴,何当爬罗⁵⁵与刮垢⁵⁶。
无复鸾飘叹凤泊⁵⁷,定知神物长呵守。
西顾因兹屡吟哦,扛鼎⁵⁸力犹未衰朽。
莫言尺缣⁵⁹罔重轻,惟有十鼓⁶⁰堪比寿。

注释:

①楚缯书:楚帛书又称楚绢书,内容共分三部分,即天象、灾变、四时运转和月令禁忌,其内容丰富庞杂,不仅载录了楚地流传的神话传说和风俗,而且还包含阴阳五行、天人感应等方面的思想。在文字的四周绘的12个怪异的神像,帛书四角有用青红白黑四色描绘的树木。

②涂月:农历十二月的别称。《尔雅·释天》:"十二月为涂。"《楚缯书》中十二月神像的"题记",载有十二月的月名和每月适宜的行事和禁忌,末尾载有每个月神的职司或主管的事。

③招摇:即北斗第七星摇光。亦借指北斗。《礼记·曲礼上》:"行,前朱雀而后玄武,左青龙而右白虎,招摇在上,急缮其怒。"郑玄注:"招摇星在北斗杓端主指者。"孔颖达疏:"招摇,北斗七星也。"

④丑:中国古代计时的十二时辰之一,凌晨1点—凌晨3点。

⑤维纲:用以系物和提网的绳。亦指维系、保持。《仪礼·大射》:"司射西面命曰,中离维纲,扬触捆复,公则释获,众则不与。"

⑥蒙叟:原指庄子,代指酷好楚缯书之人。

⑦傲诡:奇异。《吕氏春秋·侈乐》:"大鼓钟磬管箫之音,以巨为美,以众为观,傲诡殊瑰,耳所未尝闻,目所未尝见。"

⑧穷泉:犹九泉。指墓中。《文选·潘岳〈哀永逝文〉》:"委兰房兮繁华,袭穷泉兮朽坏。"

⑨黄缭:《庄子·天下篇》曾言及南方人,指的是楚人。其文曰:"南方有倚人焉,曰黄缭,问天地所以不坠不陷、风雨雷霆之故。"黄缭,姓黄名缭,楚人,战国辩士。

⑩惠施:惠施(公元前390年—公元前317年)即惠子,战国中期宋国(今

河南商丘）人，战国时期著名的政治家、辩客和哲学家，是名家思想的开山鼻祖和主要代表人物。黄缭曾向其问天地不坠不陷、风雨雷霆的原由，他"不辞而应，不虑而对，遍为万物说，说而不休，多而无已"。

⑪缅缅：引申为连绵不断。唐·柳宗元《梦归赋》："风缅缅以经耳兮，类行舟迅而不息。"

⑫营丘：古邑名。在今山东省淄博市临淄北，以营丘山而得名。周武王封吕尚于齐，建都于此。后改名临淄。《史记·齐太公世家》："武王已平商而王天下，封师尚父于齐营丘。"

⑬重黎：指颛顼高阳氏之后，为帝喾高辛氏火正。《史记·楚世家》："高阳生称，称生卷章，卷章生重黎。重黎为帝喾高辛居火正，甚有功，能光融天下，帝喾命曰祝融……〔帝喾〕诛重黎，而以其弟吴回为重黎后，复居火正，为祝融。"

⑭平子描绘头唯九：平子，即张衡。张衡《思玄赋》："流目眺夫衡阿兮，睹有黎之圮坟。"唐李善《文选注》："黎，高辛氏之火正，谓祝融也。圮，毁也。楚灵王之世，衡山崩，而祝融之墓坏，中有营丘九头图矣。"《大正新修大藏经》卷51引《南岳总胜集·祝融峰》条作："昔楚灵王时融顶崩，获人皇九首之图。"

⑮五木精："桃"为木，而且是仙木，又称"五木精"，能厌伏邪气，制百鬼。

⑯邹生问榆柳：邹生，即邹衍。《邹子》曰："春取榆柳之火，夏取枣杏之火，季夏取桑柘之火，秋取柞楢之火，冬取槐檀之火。""春取榆柳之火"，是指榆柳的木材是青色，春天是木德，木色青，所以用榆柳取火。

⑰箕斗：星名。即箕宿与斗宿。《诗·小雅·大东》："维南有箕，不可以簸扬，维北有斗，不可以挹酒浆。"

⑱衔箝：指受马嚼子约束。唐·韩愈《苦寒》诗："浊醪沸入喉，口角如衔箝。"

⑲襟见肘：捉襟见肘，拉一下衣襟就露出胳膊肘儿，形容衣服破烂。也比喻困难重重，应付不过来或顾此失彼穷于应付。《庄子·让王》："曾子居卫，十年不制衣，正冠而缨绝，捉襟而肘见，纳履而踵决。"

⑳创获：过去没有的成果或心得。明·沈德符《野获编·礼部·笏囊佩袋》："古今制度，有一时创获，其后循用不可变者。"

㉑藜莠：藜和莠。泛指野草。《礼记·月令》："〔孟春之月〕行秋令，则其民大疫，猋风暴雨总至，藜莠蓬蒿并兴。"

㉒三闾悲长勤：三闾，战国时期古地名。爱国诗人屈原被贬后就曾任三闾大夫，掌柜三个大姓宗族的宗族事物。屈原曾任三闾大夫，因此，后世也用该名词也代指屈原。长勤，屈原在《楚辞·远游》中无奈慨叹："惟天地之无穷兮，哀人生之长勤。往者余无及兮，来者吾不闻……"

㉓千载许尚友：上与古人为友。《孟子·万章下》："以友天下之善士为未足，又尚论古之人；颂其诗，读其书，不知其人，可乎？是以论其世也，是尚友也。"宋·朱熹《陶公醉石归去来馆》诗："予生千载后，尚友千载前。"

㉔窈窕：娴静貌；美好貌。《诗·周南·关雎》："窈窕淑女，君子好逑。"

㉕神祇：祭祀天神。《周礼·地官·鼓人》："以雷鼓鼓神祇。"

㉖波磔：泛指书法的笔画。宋·吴曾《能改斋漫录·类对》："出锋须长，择毫须细，管不在大，副切须齐。副齐则波磔有冯，管小则运动省力，毛细则点画无失，锋长则洪润自由。"

㉗蝌蚪：蝌蚪文也叫"蝌蚪书"、"蝌蚪篆"，是在于笔画起止，皆以尖锋来书写，其特色也是头粗尾细，名称是汉代以后才出现的，在唐代以后便少见到，在浙江仙居县淡竹乡境内发现。

㉘油素：光滑的白绢。多用于书画。汉·扬雄《答刘歆书》："天下上计孝廉及内郡卫卒会者，雄常把三寸弱翰，赍油素四尺，以问其异语。"

㉙黄耆：指有经验的老者。

㉚幼官：幼官，合起来讲，就是爱护及管理。不论对人对物，都要讲爱护及管理，怎么样进行爱护及管理。管子《幼官》就是论述这个问题的。

㉛尔雅：中国古代最早解释词义的专著，汉代学者编辑而成。《汉志·尔雅》30篇，传至今只有19篇。

㉜指嗾：指使；嗾使。宋·苏轼《凤翔八观·石鼓歌》："东征徐虏阚虓虎，北伏犬戎随指嗾。"

㉝雅颂：《诗经》内容和乐曲分类的名称。

㉞钟卣：精雅酒器。

㉟四神：指南海祝融、北海玄冥、东海勾芒、西海蓐收四神。唐·骆宾王《为齐州父老请陪封禅表》："故得河浮五老，启赤文于帝期；海荐四神，奉丹书于王会。"

㊱鲧瞍：鲧（？—唐尧七十年），姓姬，字熙。黄帝的后代，昌意之孙，姬颛顼之子，姒文命（大禹）之父。鲧是为祝融所杀的，《山海经·海内经》："帝令祝融杀鲧于羽郊。"

㊲叔师：王逸，东汉著名文学家，《楚辞章句》作者。字叔师，南郡宜城

(今湖北襄阳宜城）人。

㊳退之悲岣嵝：韩愈，字退之。他是唐代著名的文学家，哲学家。岣嵝，岣嵝峰引位于湖南省衡阳市北部40公里衡阳县岣嵝乡境内。韩愈有诗《岣嵝山》。

㊴地不爱宝：爱：吝惜。大地不吝啬它的宝藏。多指地下有文物出土。《礼记·礼运》："故天不爱其道，地不爱其宝，人不爱其情。"

㊵考文：考正书名。《礼记·中庸》："非天子，不议礼，不制度，不考文。"

㊶咨嗟：赞叹。《楚辞·天问》："何亲揆发，定周之命以咨嗟？"王逸注："咨嗟，叹而美之也。"

㊷涕洟：涕泪俱下；哭泣。《易·萃》："齎咨涕洟，无咎。"

㊸刍狗：古代祭祀时用草扎成的狗，作用类似现在的花圈。后人用以喻微贱无用的事物或言论。《道德经》："天地不仁，以万物为刍狗；圣人不仁，以百姓为刍狗。天地之间，其犹橐籥乎？虚而不屈，动而愈出。多闻数穷，不若守于中。"

㊹蹉跎：时间白白地去；虚度光阴。《晋书·周处传》："欲自修而年已蹉跎。"

㊺摩挲：琢磨。元·汤式《一枝花·劝妓女从良》套曲："试点检莺花簿，细摩挲烟月文。"

㊻神偶：有超凡神性、神力的崇拜偶像。

㊼黔首：黔字从黑从今。"黑"指"黑色头巾"，"今"意为"当面的"。"黑"与"今"联合起来表示"戴黑色头巾出门见人"，即以黑色头巾作为出门的行头。"黔首"是中国战国时期和秦代对百姓的称呼。战国时期已经广泛使用，含义与当时常见的民、庶民同。

㊽德机：犹生机。《庄子·应帝王》："乡吾示之以地文，萌乎不震不止，是殆见吾杜德机也。"

㊾地文：地面山岳河海丘陵平原之形；地貌。《庄子·应帝王》："乡吾示之以地文，萌乎不震不正。"

㊿赢缩：犹盈亏。引申为进退、行止、长短、得失等。《管子·势》："成功之道，赢缩为宝。"

㉛天梧：星宿名。

㉜龙威：古皇风范。

㉝虎观：白虎观的简称。为汉宫中讲论经学之所。后泛指宫廷中讲学处。南朝·梁·刘勰《文心雕龙·时序》："及明帝叠耀，崇爱儒术，肄礼璧堂，

讲文虎观。”

(54)阐幽：使幽深隐藏的显露出来。《易·系辞下》：“夫《易》彰往而察来，而微显阐幽。”

(55)爬罗：发掘搜罗。清·顾炎武《朱处士鹤龄寄尚书埤传》诗：“百家纷纶说，爬罗殆无遗。”

(56)刮垢：刮去污垢，去其糟粕。

(57)鸾飘叹凤泊：鸾飘凤泊，原形容书法笔势潇洒飘逸，后比喻夫妻离散或文人失意。唐·韩愈《岣嵝山》诗：“科斗拳身薤倒披，鸾飘凤泊拏虎螭。”

(58)扛鼎：比喻作品（多指文学作品）在社会上的影响广大，意义深远。

(59)尺缣：长一尺的绢。极言其少。《旧唐书·陆贽传》：“德宗仓皇出幸，府藏委弃，凝冽之际，士众多寒，服御之外，无尺缣丈帛。”

(60)十鼓：《石鼓歌》是唐代文学家韩愈的诗作。在描绘石鼓文历史久远以及书法的妙处。叙当局不纳诗人建议，叹惜石鼓文物的废除。希望在尊崇儒学的时代，能把石鼓移置太学。

浅解：

楚帛书于1942年9月在长沙东郊子弹库地方的楚墓中被盗掘出土，后来此书流入美国，一度寄存在纽约的大都会博物馆，旋经古董商出售，现存放在华盛顿的赛克勒美术馆，成为该馆的“镇馆之宝”。饶公的简帛学研究，就是从考释楚简和楚帛书开始的。在20世纪50年代，他就撰有《战国楚简笺证》、《长沙出土战国缯书新释》等著作，是我国研究战国简帛的先驱者之一。与此同时，他也开始关注西北汉晋简牍，发表过《居延零简》、《居延汉简目睭耳鸣解》等论文。此后，他对20世纪70年代以来相继发现的大量战国秦汉简牍帛书十分重视，除及时发表相关研究论文外，还在20世纪80年代初与曾宪通教授合作，集中研究楚地出土文献，先后出版《云梦秦简日书研究》、《楚帛书》等简帛学著作，为睡虎地秦简《日书》和楚帛书研究做出了重要贡献。后来，饶先生又在马王堆汉墓帛书、汉晋简牍以及新出楚竹书研究等方面发表了许多新的论作，还手创汉简编年体系，主编《敦煌汉简编年考证》、《新莽简辑证》、《居延汉简编年》，在香港中文大学倡导建立简帛电脑资料库，从各个方面为简帛学的繁荣和发展做出了新的贡献。

此诗中饶公对楚缯书被盗之后如今重现天日感到欣慰，诗中对楚缯书来龙去脉、内容、绘画、书法、文辞等作了详尽的描写，对其丰富庞杂的内容和形式推崇备至，肯定其研究价值，阐述其影响以及历史意义。

简译：十二月丑时北斗星在上，谁将喜讯告知蒙人庄周。一直感慨奇书经历劫灰，何时墓中被盗不胫而走。想到南方奇人黄缭，向惠施问天地不坠原由。陈述数百多言连绵不绝，缓慢细长历经两千余年。营丘祝融之墓旧有绘图，张衡描述人皇九首之图。在此独举桃木厌伏邪气，等待邹衍以榆柳来取火。如果从时月揣测好恶之分，像南北分辨箕斗般艰难。初次赏读如同口角衔箝，仔细推敲倍感捉襟见肘。偶然妙悟务矜新的想法，通篇导笔漏画良莠不齐。最喜屈原"哀人生之长勤"，敢和古人神交千载为友。感悟美好哀叹世间多难，祭祀天神嗟叹民众心理。春季适宜行事勤于卉木，书中文字异于蝌蚪之文。如何有利民众安定诸侯，必须备好纸笔请教老者。谁拿《幼官》谋划既分时节？利用《尔雅》查考解释文辞。文字清丽直追诗经雅颂，长篇阔论钟卣一般耦俪。四神格局奠定祝融为尊，九州洪水泛滥追思鲧朡。留下王逸补注《楚辞章句》，还笑韩愈赋诗悲叹崎岖。应当欣喜感慨未被毁灭，天地不吝嗇厚待此宝物。独自仰望神像环绕周围，不知属于何人用意何在。我能羁旅万里增长见闻，宝贵绘画喜归贤者所有。几辈考证费劲人心思，经历磨难终于重现天日。兴奋感激之极涕泪俱下，自古文章被人视为无用。我有意钻研两年已蹉跎，琢磨深入仿佛远离神偶。如今全国各处奔走考察，出行蹈平薜苔掘出坑穴。想要杜塞生机识得地貌，穷观天文星象了解盈亏。通晓古皇风范流传久远，宫廷讲经知道从何学起。且将书中幽深显露出来，如何发掘搜罗去其糟粕们。遥望西方令我感叹不绝，佳作影响广大意义深远。莫以尺幅大小衡量轻重，惟有石鼓之文与之媲美。

王贯之见余游尼亚加拉瀑布诗，以半痴诗禅①观瀑十首相示，因用坡翁百步洪②韵，赓作长句。

长川③料与海通波，织来横练④须天梭⑤。
翻江立壁垂万仞，巨灵⑥终古此莹磨⑦。
惊洪澎湃纷眩转，传神留句待东坡。
娱春莫负桃根桨⑧，高吟骤雨打新荷。
独恨无山可仰止，闪光但骇流银涡。
宣尼⑨临此休叹逝，圣书早过跋提河⑩。
嘘烟幻霭难方物⑪，瀑花雨散曼陀罗⑫。
喧豗⑬无奈欲聋耳，如鸣金鼓⑭千银驼⑮。
心宽自可纳须弥⑯，即看巨浸⑰同委蛇⑱。
向来无覆兼无记⑲，羁魂徒尔栖蜂窠⑳。
颇欲于兹涤玄览㉑，奈他念念㉒恒流何。
敢以卮言㉓夸遐迩㉔，诗成恐被祖师呵。

注释：

①半痴诗禅：詹励吾（1904—1982），男，安徽婺源人。自号半痴居士、新六一居士。著有《半痴诗禅集》行世。
②百步洪：宋·苏轼《百步洪》诗韵。
③长川：长的河流。三国·魏·曹植《洛神赋》："浮长川而忘反，思绵绵而增慕。"
④横练：白绢。
⑤天梭：天上织女所用之梭。南朝·梁简文帝《七夕》诗："天梭织来久，方逢今夜停。"
⑥巨灵：神话传说中劈开华山的河神。《文选·张衡〈西京赋〉》："缀以二华，巨灵赑屃，高掌远跖，以流河曲，厥迹犹存。"薛综注："巨灵，河神也……古语云：此本一山当河，水过之而曲行，河之神以手擘开其上，足蹋离其下，中分为二，以通河流。手足之迹，于今尚在。"

⑦莹磨：谓磨治使光洁。三国·吴·康僧会《〈安般守意经〉序》："若得良师划刮莹磨，薄尘微瞙，荡使无余。"
⑧桃根桨：桃根，桃叶系晋王献之爱妾，见辛弃疾《祝英台近》注。桃根为桃叶之妹。桃根桨，亦为桃根双桨，借指爱恋之人。
⑨宣尼：汉平帝元始元年追谥孔子为褒成宣尼公，后因称孔子为宣尼。见《汉书·平帝纪》。晋·左思《咏史》诗之四："言论准宣尼，辞赋拟相如。"
⑩跋提河：古代拘尸那揭罗国境内阿利罗跋提河（《大唐西域记》作"阿恃多伐底河"）的省称。后亦借指印度。唐·顾况《如意轮画赞序》："兹山纯白，厥草肥腻，高六十由旬，周二千二百。跋堤河在左，长仙园在右。"
⑪方物：指辨别事理。《礼记·内则》："四十始仕，方物、出谋、发虑。"
⑫曼陀罗：梵语的译音。意译为悦意花。在印度被视为神圣的植物，特栽培于寺院之间。为一年生有毒草本，叶子互生，卵形，花白色，花冠像喇叭，结蒴果，表面多刺。全株有毒，花、叶、种子等均可入药，是麻醉性镇咳镇痛药。又称风茄儿。《法华经·序品》："是时天雨曼陀罗华。"
⑬喧豗：形容轰响。唐·李白《蜀道难》诗："飞湍瀑流争喧豗，砯崖转石万壑雷。"
⑭金鼓：四金和六鼓。四金指錞、镯、铙、铎。六鼓指雷鼓、灵鼓、路鼓、鼖鼓、鼛鼓、晋鼓。金鼓用以节声乐，和军旅，正田役。见《周礼·地官·鼓人》。亦泛指金属制乐器和鼓。《左传·僖公二十二年》："三军以利用也，金鼓以声气也。"
⑮银驼：骆驼，指声势浩大。
⑯须弥：信佛者泛指山。唐·杨炯《梓州惠义寺重阁铭》："俯观大道，仅如枣叶；下望须弥，裁同芥子。"
⑰巨浸：大水。指大河流。唐·骆宾王《夏日游德州赠高四》诗："甿津开巨浸，稽阜镇名都。"
⑱委蛇：绵延屈曲貌。《楚辞·离骚》："驾八龙之婉婉兮，载云旗之委蛇。"
⑲无覆兼无记：佛学术语，为"有覆无记"的对称。若以道德之性质为准则，一切诸法可大别为善、恶、无记等三大类。其中，无记系指非善非不善，不能记为善业或恶业之法，又可分为有覆与无覆两种。无覆无记，即指不覆障圣道的非善非恶之法。
⑳蜂窠：比喻小屋。宋·苏轼《赠葛苇》诗："竹椽茆屋半摧倾，肯向蜂窠寄此生。"

㉑玄览：犹玄镜。指人的内心。《老子》："涤除玄览，能无疵乎！"
㉒念念：一个心念接一个心念；每一个心念。北齐·颜之推《颜氏家训·归心》："若有天眼，鉴其念念随灭，生生不断，岂可不怖畏邪！"
㉓卮言：亦作"巵言"。自然随意之言。一说为支离破碎之言。语出《庄子·寓言》："卮言日出，和以天倪。"
㉔遐迩：远近。汉·桓宽《盐铁论·备胡》："故人主得其道，则遐迩潜行而归之，文王是也。"

浅解：

此诗由瀑布声势浩大之景写起，继而对时光易逝发表感慨，诗中寄托着饶公追求恬静自然之境的诗心，同时以独恨无山可仰止表达了对高尚的品德的仰慕。诗中所说，"念念"皆如"恒流"，我们无法理清，倒不如安时处顺，豁达开朗地面对人生困境。

简译：料想长河必与大海同流，用织女梭编织白绢长流。翻江悬壁直落万仞之山，神灵终古磨治让其光洁。声势浩大令人昏花旋转，传神留句要待苏东坡翁。如此春色莫负眷恋之人，高声吟唱雨打初荷新芽。只是懊恼没有山川可瞻仰，瀑花银光闪闪令人畏惧。孔夫子临此莫感叹逝水，经书比跋提河还要古老。云烟虚幻难以辨别事物，瀑花雨散酷似曼陀罗花。无奈轰响之声震耳欲聋，如同金鼓齐鸣骆驼齐奔。心宽可将山川列其胸次，放眼望去瀑布绵延崎岖。向来不覆障圣道非善非恶，浪迹羁旅栖息小屋之中。颇想于此理清内心乱思，怎奈心绪如同河流一样不绝。敢用只言片语谈论理趣，恐怕会被祖师爷所嘲笑。

棪斋①来书论白石②词，举暗水溜碧句。忆秋日多伦多同游马蹄瀑，涓流巨浸，小大相较，顿兴齐物之思，因再步前韵却寄。

应龙③莫为兴涛波，天汉④织女未停梭。
同爱澄江净如练⑤，寄声⑥徒以诗相磨。
词客飘流忽到此，忆曾露饮菊花坡。
恼人⑦万里携秀句，深秋凉吹动残荷。
别来三月可入梦，依稀镜面浮微涡。
望断云山两戒地，会当一苇⑧航长河。
吾生自恨无根蒂⑨，几时误落此尘罗。
渴来掘井⑩将何用，鸣沙⑪苦似寻水驼⑫。
异方寄食饥驱去，平居安敢望委蛇⑬。
爽然面此千丈瀑，河伯⑭应悔营水窠⑮。
何如暗水⑯涓涓碧，清空还可酬阴何⑰。
定有佳人索锦字⑱，风凄月白冻谁呵。

注释：

①棪斋：李棪，又名棪斋，祖籍顺德，为李文田（1834—1895）长孙。曾在英国大学任教十余年，回港后任香港中文大学教授兼中文系主任，直至七十岁退休。

②白石：姜夔，南宋文学家、音乐家。他多才多艺，精通音律，能自度曲，其词格律严密。其作品素以空灵含蓄著称，有《白石道人歌曲》等。姜夔对诗词、散文、书法、音乐，无不精善，是继苏轼之后又一难得的艺术全才。

③应龙：古代传说中善兴云作雨的神。《山海经·大荒东经》："大荒东北隅中，有山名曰凶犁土丘。应龙处南极，杀蚩尤与夸父，不得复上。故下数旱。旱而为应龙之状，乃得大雨。"

④天汉：天河。《诗·小雅·大东》："维天有汉，监亦有光。"

⑤澄江净如练：清澈的江水，像一条白练一样。多指对江景的鸟瞰。晋•谢朓《晚登三山还望京邑》："余霞散成绮，澄江净如练。"

⑥寄声：托人传话。《汉书•赵广汉传》："界上亭长寄声谢我，何以不为致问？"

⑦恼人：撩拨人。宋•王安石《夜直》诗："春色恼人眠不得，月移花影上阑干。"

⑧一苇：《诗•卫风•河广》："谁谓河广，一苇杭之。"孔颖达疏："言一苇者，谓一束也，可以浮之水上而渡，若桴栰然，非一根苇也。"后以"一苇"为小船的代称。

⑨吾生自恨无根蒂：晋•陶渊明《杂诗》："人生无根蒂，飘如陌上尘。"

⑩渴来掘井：即"临渴掘井"。比喻事先没有准备，临时才想办法。《素问•四气调神大论》："夫病已成而后药之，乱已成而后治之，譬犹渴而穿井，斗而铸锥，不亦晚乎！"

⑪鸣沙：在水下滚动鸣响的沙砾。宋•范成大《过江津县睡熟不暇梢船》诗："梦里竹间喧急雪，觉来船底滚鸣沙。"

⑫水驼：水帘。此指瀑布。

⑬委蛇：雍容自得貌。《诗•召南•羔羊》："退食自公，委蛇委蛇。"郑玄笺："委蛇，委曲自得之貌。"

⑭河伯：传说中的河神。《庄子•秋水》："于是焉，河伯欣然自喜，以天下之美为尽在己。"

⑮水窠：即太湖石。通体多孔而玲珑剔透，可用以装治假山，点缀庭院。此指天然山石。宋•赵彦卫《云麓漫钞》卷七："京属童贯以军功补官，遂取吴中水窠以进。"

⑯暗水：伏流。潜藏不显露的水流。宋•苏轼《二十七日自阳平至斜谷宿于南山中蟠龙寺》诗："谷中暗水响泷泷，岭上疏星明煜煜。"

⑰阴何：陈•阴铿和南朝•梁•何逊的并称。唐•杜甫《解闷》诗之七："熟知二谢将能事，颇学阴何苦用心。"

⑱锦字：喻华美的文辞。唐•卢照邻《乐府杂诗序》："霜台有暇，文律动于京师；绣服无私，锦字飞于天下。"

浅解：

此诗步前诗韵，回忆多伦多马蹄瀑游赏之景。诗中写出马蹄瀑清灵澄净之美，如此美景与俗世的强烈冲突，令饶公感慨羁旅他乡的无奈以及人生多艰的孤苦。再一次阐发自己对恬静脱俗生活的向往。

简译：雨神莫要在此兴云作雨，织女未曾停止编织白绢。同样喜爱"澄江净如练"句，传话还须用诗歌来表达。词人骚客漂泊忽然到此，昔日菊花山坡露天饮酒。万里撩人灵感引句而出，深秋凉风吹拂残美荷花。阔别的三月春色入梦来，依稀看见湖面的小漩涡。望尽云山间的天戒地戒，该当借一小舟河中航行。我一直懊恼自己没有根蒂，何时误落如此世俗尘嚣。临渴掘井又将有何意义，鸣响沙砾苦苦寻觅水瀑。异乡依附他人寻得温饱，安居哪敢盼望雍容自得。面此千丈瀑布令人心爽，河神应该悔恨安放山石。怎奈青碧伏流涓涓细流，空灵之境可令阴何酬唱。必有佳人索要美好文字，风冷月白寒冷谁来呵护。

诗成二日，与画师萧三同游梅窝银矿潭①，竹树荒翳，涧水清浅。余笑语：梅窝无梅，须君写桃下种矣！归途口占，戏为此诗，三叠前韵。

穷陬②海水未扬波，趁墟③人往如穿梭。
对此茫茫吾安放，照影欲借青铜磨。
江边独树真画本，遥岑④待补倪迂⑤坡。
适来但惜秋已过，荒塘有鸭竟无荷。
记曾风雨此登顿⑥，敲车泥滑陷盘涡⑦。
汤汤⑧骇浪割无际，崩山浸灌路成河。
即今日落千山静，临川微步尘生罗⑨。
天长海阔飞鸟没，惟见归犊如负驼。
方冬⑩流涸石乃出，坐令⑪飞瀑类委蛇。
会挹⑫沧江添勺水，试从岩隙寻僧窠⑬。
无梅偏与黄昏近，童山⑭其奈濯濯⑮何。
不如萧八乞桃种⑯，笔端应有神来呵。

注释：

①梅窝银矿潭：梅窝在香港大屿山东南地区，因以前的银矿得名。
②穷陬：偏远的角落。清·龚自珍《〈升平分类读史雅诗〉自序》："今之世，有穷陬荒滨，貊乡鼠攘，悍顽煽乱，而自外于天地父母者。"
③趁墟：亦作"趁虚"。赶集。唐·柳宗元《柳州峒氓》诗："青箬裹盐归峒客，绿荷包饭趁虚人。"
④遥岑：远处陡峭的小山崖。唐·韩愈、孟郊《城南联句》："遥岑出寸碧，远目增双明。"
⑤倪迂：倪瓒，字元镇，号云林。倪瓒善绘山水，"有意无意，若淡若疏"，自成一家，兼工诗词、书法。时与王蒙、黄公望、吴镇并列"元四家"。性情狷介，怪癖多，因此人称为"倪迂"。
⑥登顿：上下；行止。《文选·谢灵运〈过始宁墅〉诗》："山行穷登顿，水

涉尽洄沿。"
⑦盘涡：喻危险境地或冲突中心。
⑧汤汤：水流盛大貌。《书·尧典》："汤汤洪水方割，荡荡怀山襄陵，浩浩滔天。"
⑨临川微步尘生罗：化用"凌波微步，罗袜生尘。"出自曹植《洛神赋》。原意是形容洛神体态轻盈，浮动于水波之上，缓缓行走。
⑩方冬：正值冬季。
⑪坐令：犹言致使；空使。唐·韩愈《赠唐衢》诗："胡不上书自荐达，坐令四海如虞唐？"
⑫挹：舀，把液体盛出来。
⑬僧窠：僧人们隐居之地。
⑭童山：无草木的山。清·陈康祺《郎潜纪闻》卷一："凡所过，童山沙碛，不生草木之区。"
⑮濯濯：光秃貌。《孟子·告子上》："是其日夜之所息，雨露之所润，非无萌蘖之生焉，牛羊又从而牧之，是以若彼濯濯也。"
⑯萧八乞桃种：晋人潘岳"为河阳令，栽桃李，号河阳满县花"，诗圣杜甫对此仰慕不已，在成都草堂时曾赋诗向时任县令的友人萧实乞桃树："奉乞桃栽一百根，春前为送浣花村。河阳县里虽无数，濯锦江边未满园。"（《萧八明府实处觅桃栽》）

浅解：

此诗回忆与萧三同游梅窝银矿潭所见所思，已近冬季，万物枯萎，河流干涸，荒地之中寸草不生，使饶公萌生写桃下种之想，虽为戏作，亦体现饶公对田园生活的向往之情。

简译： 偏僻角落海水未曾扬波，赶集穿梭人来人往之中。茫茫之境我将如何安定，欲借青铜磨镜照我孤影。江边独树真为天然画景，陡峭山崖留待倪瓒填补。刚来但觉秋过甚为惋惜，荒野鸭子戏水却无荷花。当初风雨之中登临此地，道路泥泞坐车陷入困境。惊涛骇浪似乎永无止尽，山洪泥流倒灌使路成河。如今落日之中千山静谧，水旁行走脚下蒙上水雾。天长海阔飞鸟出没其中，惟见往返牲口负驼千金。冬季河水干涸石头显现，致使瀑布如此绵延屈曲。从沧江中舀取河水添置，试从崖隙寻找僧人住地。梅窝无梅黄昏已经临近，山川怎能忍耐草木不生之境。不如向萧实乞桃树栽种，下笔如同神灵前来呵护。

鹿苑高处晚眺　四叠前韵

黄昏日落光涌波，疏林归鸟纷投梭①。
顿时暮色苍然至，水天一碧镜初磨。
近看嶙峋石插竹，远望晻蔼②江吞坡。
新茶小试还泼乳③，盘飧喜得饭包荷。
乍寒风拂肌肤紫，酒未沾唇颜生涡。
笑与儿曹指乡国，穷发以北即关河④。
仍岁⑤寄书屡不达，寥天一雁入云罗。
昔曾濯足恒河口，倚装象背胜明驼。
观于海者难为水⑥，心安行处自委蛇⑦。
朱楼杰阁连云起，人间难道有仙窠。
滔滔逝川⑧阅几世，徂年⑨一往竟如何。
槛外苍烟洗纨绮⑩，拈来丽句师所呵。

注释：

①投梭：织布时来回投射梭子。此指栖身之处。五代·王周《采桑女》诗："采桑知蚕饥，投梭惜夜迟。"

②晻蔼：阴暗。《楚辞·离骚》："扬云霓之晻蔼兮，鸣玉鸾之啾啾。"

③泼乳：第一回沏的茶。指茶道中第一沏不喝。

④关河：关塞；关防。泛指山河。

⑤仍岁：连年，多年。《南史·齐豫章文献王嶷传》："旧楚萧条，仍岁多故。"

⑥观于海者难为水：出自《孟子》的《尽心章句上》。观看过大海的人，难以被其它的水所吸引。

⑦委蛇：随顺、顺应貌。《庄子·应帝王》："吾与之虚而委蛇。"

⑧逝川：指一去不返的江河之水。语本《论语·子罕》："子在川上曰：'逝者如斯夫！不舍昼夜。'"

⑨徂年：流年，光阴。《后汉书·马援传赞》："徂年已流，壮情方勇。"

⑩纨绮：精美的丝织品。晋·潘岳《秋兴赋》："珥蝉冕而袭纨绮之士，此焉游处。"亦代指少年时光。

浅解：

　　黄昏远眺，饶公抒发老之将至的无奈，亦从中表达对故乡的眷恋和羁旅生活的孤苦凄凉之情。但饶公能看破人生，诗歌结尾表达自己的观点，"心安行处自委蛇"，随遇而安，不禁锢于自身的苦闷而无法自拔，表现其豁达之心境。

　　简译：黄昏落日波光交相辉映，稀疏林阴鸟儿急盼归巢。倏忽之间暮色苍然降临，水天一碧湖面如镜初磨。从近处看石缝竹林嶙峋，远处眺望江暗遮蔽山坡。泡茶泼掉初沏第一泡茶汤，欢喜有荷叶包饭可尝。寒风拂面肌肤冻成紫色，酒未沾唇脸色已经泛红。陪同孩子嬉笑谈论家乡，极北之地即是祖国山河。多年寄信总是无法抵达，辽阔天空大雁飞入云端。昔日曾于恒河洗濯双足，倚靠大象背上胜过骆驼。看过大海它水难以吸引，心安之处便能随遇而安。华美楼阁坐地连云而起，人间真有神仙居住之地？滔滔逝水阅经多少人世，光阴消逝终将如之奈何。槛外苍烟洗去精美丝织，拈来优美之句吟咏唱诵。

青山访僧不遇，向夕泛舟返旧墟，五叠前韵

片云洗空鸟飞波，轻舟往返如投梭①。缺月于人疑旧识，两山影动烟相磨。江边渔火闪星点，羸牛②拥鼻③卧重坡。我行何止半天下，十方水宿④常结荷。此间溟海⑤兼天净，无风水面亦翻涡。屯门自映浪花没，苍苍寒渚⑥耿⑦秋河。鱼市⑧张灯归意动，焚香微闻多伽罗⑨。（时舟中焚香。）榜人⑩为我鼓双桨，弯腰容与犹半驼。山林皋壤⑪有至乐，浮生退食异委蛇⑫。伫看奔车似走马，机心幸已忘臼窠⑬。野草无名时对我，显真⑭那复问谁何。独言独笑来还去，寒山相见定呵呵。

注释：

① 投梭：见《鹿苑高处晚眺》①条注。
② 羸牛：瘦弱的老牛。
③ 拥鼻：掩鼻。唐·杜牧《折菊》诗："雨中衣半湿，拥鼻自知心。"
④ 水宿：指在舟中或水边过夜。《文选·谢灵运〈游赤石进帆海〉诗》："水宿淹晨暮，阴霞屡兴没。"
⑤ 溟海：大海。唐·高适《同群公出猎海上》诗："层阴涨溟海，杀气穷幽都。"
⑥ 寒渚：寒天水中的小块陆地。南朝·宋·鲍照《野鹅赋》："立菰蒲之寒渚，托只影而为双。"
⑦ 耿：通"炯"。明亮，光明。
⑧ 鱼市：卖鱼的市场。宋·陆游《出行湖山间杂赋》："鱼市樵风口，茶村谷雨前。"
⑨ 多伽罗：多伽罗，梵语 tagara。又作多揭罗香、多伽留香、多伽娄香、多劫罗香。意译作根、不没、木香。多伽罗香系采自多伽罗树所制成之香。
⑩ 榜人：船夫，舟子。《文选·司马相如〈子虚赋〉》："榜人歌，声流喝，水虫骇，波鸿沸。"

⑪皋壤：泽边之地。《庄子·知北游》："山林与，皋壤与，使我欣欣然而乐与！"

⑫退食异委蛇：语出《诗·召南·羔羊》："退食自公，委蛇委蛇。"后因以指官吏节俭奉公。

⑬白窠：比喻陈旧的格调；老一套。宋·黄庭坚《次韵奉答吉老并寄何君庸》："倾怀相见开城府，取意闲谈没白窠。"

⑭显真：展现了人性本真。

浅解：

黄昏饶公泛舟而归，河边恬静之景令其冥思遐想，并由景及情，由情入理，表达对自然本真的向往以及独立之精神、自由之思想的追求。

简译： 天空云淡鸟儿飞掠扬波，小舟往返如同织布投梭。不圆之月与我似曾相识，重山飘渺烟影交相辉映。江边渔火如若闪闪明星，老牛掩鼻休憩山坡之中。我辈足迹遍布半个天下，舟中过夜常与荷花结伴。此地海阔天空澄净万里，无风水面竟也波涛汹涌。屯门浪花中隐约浮现，寒天小岛苍茫秋河明媚，市场张灯渔民归意萌生，舟中香气仿佛多伽罗香。船夫为我鼓起双桨前行，弯下腰身如同半驼老人。山林河泽能够令人快乐，一生节俭正直面对事物。伫立观望恰似走马之车，庆幸心中早将旧思忘却。无名野草时时与我相迎，展现本真哪里需问原因。人生独自谈笑来了又回，寒山相见必定喜笑颜开。

青山禅寺鼓琴次曾履川①风字韵

飒飒寒生木末风,潇湘②云气十指中。山高水流浑意表③,无方无体④谁为雄。抱琴欲眠青山侧,眼中鹘没夕阳红。重楼⑤金碧如雕缋⑥,非李将军即王熊⑦。禅扉深闭晚寂寂,丹崖幽契⑧缅支公⑨。何年杯渡⑩此驻锡⑪,至今花落春山空。人静鸢鸟⑫亦自得,欲归还倚两三松。南图⑬无海去咫尺,北依斗极望崆峒⑭。波翻忽落荒服⑮外,震风夏屋⑯资栟榈⑰。盛时尚喜朋簪⑱乐,殊方⑲莫叹烝无戎⑳。澄怀㉑夙早是非泯,射鸭㉒不假竹枝弓㉓。剩有琴心㉔参太始㉕,聊与拍肩㉖吟醉翁。俯窥培塿㉗吞蒂芥㉘,荡胸野水青濛濛。谁把钓竿拂玉树,况闻贝阙㉙邻珠宫。(南汉置媚川都于此以采珠焉。)沉雾冥冥羌画晦㉚,七圣㉛且复迷西东。环海诸山晨夕变,不知为岭复为峰。超然象外安所极,手扪星宿罗心胸。云林森渺无人野,起余深省但晚钟。无劳泰山东武曲㉜,作音已足破鸿蒙㉝。向来会心不在远,休计阆风㉞千万重。潺潺滴水穿石溜,(青山有滴水岩。)隐隐暮山映烟虹。便有藐姑㉟与箕首㊱,敢忘虞夏㊲继黄农㊳。鲛人㊴浪传踏潮咏,逋客㊵妄觊虎溪㊶逢。登陇㊷望秦不成弄,将归自抚伤飘蓬。十年至今犹不复,几人齿豁㊸更头童㊹。高岩峻极青溪远。猿鸟生哀泣秋虫。丘陵乔木畅然望,故乡只许梦魂通。每吟离兽东南下,空堂㊺起坐忆嗣宗㊻。何当试鼓霹雳引㊼,一为起蜇鞭鱼龙㊽。啼乌别鹤㊾徒永叹,岐山思士意何穷。(岐山操、思士操并传为文王制,见僧居月琴曲谱录序。)

注释:

① 履川:曾克耑先生(1900—1976),诗人、书法家,福建闽侯人,生于四川,字履川、伯子,号橘翁。长于诗文,卒业于北京财政商业专门学校,以次应聘于工商部、实业部、铁道部、中央银行秘书处,曾任孔祥熙秘书,为上海暨南大学国史馆纂修及香港新亚书院教授,1956 年与丁衍庸、

陈坟、王己千创办新亚艺专,翌年改为新亚书院艺术系,任教授。1964年任香港中文大学艺术系教授。

②潇湘:湘江与潇水的并称。此借指云气深浓之地。

③意表:言外之意。晋·陶潜《饮酒》诗之十:"裸葬何必恶,人当解意表。"

④无方无体:《易经》:"故神无方而易无体。""神无方"就是宇宙生命主宰的功能无所在,也无所不在。"易无体",所谓本体,是个抽象名词,是无体之体,无为之为;所谓"道",也是一个抽象的代名词,没有固定的,不拘的。不固定不拘,就是宇宙的法则。

⑤重楼:层楼。《荀子·赋》:"志爱公利,重楼疏堂。"

⑥雕缋:犹雕绘。雕刻绘饰。缋,通"绘"。宋·司马光《务实》:"统纪不明,名器紊乱,而彤缋文物,修饰容貌,其于礼也,不亦远乎!"

⑦非李将军即王熊:李将军,指李思训及其儿子李昭道,被后人称为"大小李将军";"李派山水",其传人有王熊等,皆是中国山水画史上名家。

⑧幽契:冥合,默契。《晋书·韩恒载记》:"受命之初,有龙见于都邑城,龙为木德,幽契之符也。"

⑨支公:即晋代高僧支遁,字道林,时人也称为"林公"。河内林虑人,一说陈留人。精研《庄子》与《维摩经》,擅清谈。当时名流谢安、王羲之等均与为友。南朝·宋·刘义庆《世说新语·言语》:"支道林常养数匹马。"余嘉锡笺疏:"《建康实录》八引《许玄度集》曰:'遁字道林,常隐剡东山,不游人事,好养鹰马,而不乘放,人或讥之,遁曰:'贫道爱其神骏。'"

⑩杯渡:晋宋时僧人,不知姓名。传说其常乘木杯渡水,故以杯渡为名。事见南朝·梁·慧皎《高僧传·神异下·杯渡》。后因以称僧人出行。

⑪驻锡:意为僧人出行,以锡杖自随,故称僧人住止为驻锡。这里"驻"即车马停住,或止住停留之意。"锡"是指僧人所用锡杖。唐·黄滔《龟洋灵感禅院东塔和尚碑》:"(大师)遂驻锡卓菴,名其地曰龟洋焉。"

⑫鸢乌:乌鸢;指猛禽,俗称老鹰。

⑬南图:谓南飞,南征。比喻抱负远大。语出《庄子·逍遥游》:"(鹏)背负青天……而后乃今将图南。"

⑭崆峒:山名。在今甘肃平凉市西。相传是黄帝问道于广成子之所。也称空同、空桐。《庄子·在宥》:"黄帝立为天子,十九年,令行天下,闻广成子在于空同之上,故往见之。"

⑮荒服：古"五服"之一。指离京师二千到二千五百里的边远地方，亦泛指边远地区。《书·禹贡》："五百里荒服。"

⑯夏屋：大俎，大的食器。《诗·秦风·权舆》："于我乎夏屋渠渠，今也每食无余。"毛传："夏，大也。"郑玄笺："屋，具也。"一说指大屋。

⑰帡幪：本指帐幕。后亦引申为覆盖。

⑱朋簪：指朋辈。语本《易·豫》："大有得，勿疑，朋盍簪。"

⑲殊方：远方，异域。汉·班固《西都赋》："逾昆仑，越巨海，殊方异类，至于三万里。"

⑳烝无戎：没有相助的人。《诗·小雅·常棣》："每有良朋，烝也无戎。"

㉑澄怀：清心，静心。《南史·隐逸传上·宗少文》："老疾俱至，名山恐难遍睹，唯澄怀观道，卧以游之。"

㉒射鸭：古时的一种水上游戏。唐·王建《宫中三台词》之八三："鱼藻池边射鸭，芙蓉苑里看花。"

㉓竹枝弓：即桃竹弓。成语"桃弓射鸭"指隐士的闲逸生活。

㉔琴心：琴声表达的情意。《史记·司马相如列传》："是时，卓王孙有女文君新寡，好音，故相如缪与令相重，而以琴心挑之。"

㉕太始：古代指天地开辟、万物开始形成的时代。《列子·天瑞》："太始者，形之始也。"

㉖拍肩：轻拍别人的肩膀。表示友好或爱护。清·唐孙华《双凤村居诗以志之》："拍肩同辈多零落，陇畔何人许耦耕？"

㉗培塿：即"培堘"，本作"部娄"。小土丘。《左传·襄公二十四年》："部娄无松柏。"杜预注："部娄，小阜。"汉·应劭《风俗通·山泽·培》引《左传》作"培堘"。

㉘蒂芥：比喻内心不满或不快；心存芥蒂。

㉙贝阙：以紫贝为饰的宫阙。本指河伯所居的龙宫水府，后用以形容壮丽的宫室。语出《楚辞·九歌·河伯》："鱼鳞屋兮龙堂，紫贝阙兮朱宫。"

㉚沉雾冥冥羌画晦：楚·屈原《楚辞·九歌·山鬼》："杳冥冥兮羌昼晦，东风飘兮神灵雨。"

㉛七圣：指传说中的黄帝、方明、昌寓、张若、谓朋、昆阍、滑稽七人。《庄子·徐无鬼》："黄帝将见大隗乎具茨之山，方明为御，昌寓骖乘，张若、谓朋前马，昆阍、滑稽后车，至于襄城之野，七圣皆迷，无所问涂。"

㉜泰山东武曲：齐地的土风。"东武"，泰山下小山名。

㉝鸿蒙：迷漫广大貌。《汉书·扬雄传上》："外则正南极海，邪界虞渊，鸿

濛沆茫，碣以崇山。"
㉞阆风：山名。传说中神仙居住的地方，在昆仑之巅。《海内十洲记·昆仑》："山三角：其一角正北，干辰之辉，名曰阆风巅；其一角正西，名曰玄圃堂；其一角正东，名曰昆仑宫。"
㉟藐姑：神话中的山名。《庄子·逍遥游》："藐姑射之山有神人居焉，肌肤若冰雪，绰约若处子。"
㊱箕首：神话中的山名。宗炳在《画山水序》中说："至于山水质有而趣灵，是以轩辕、尧、孔、广成、大隗、许由、孤竹之流，必有崆峒、具茨、藐菇、箕首、大蒙之游焉。"
㊲虞夏：指有虞氏之世和夏代。《礼记·表记》："虞夏之质，殷周之文，至矣。"
㊳黄农：黄帝、神农的合称。南朝·宋·刘义庆《世说新语·栖逸》："上陈黄农玄寂之道，下考三代盛德之美。"
㊴鲛人：捕鱼者，渔夫。唐·杜甫《阌乡姜七少府设鲙戏赠长歌》："饔人受鱼鲛人手，洗鱼磨刀鱼眼红。"
㊵逌客：避世之人；隐士。唐·司空图《光启丁未别山》诗："此去不缘名利去，若逢逌客莫相嘲。"
㊶虎溪：溪名。在江西省九江市南庐山东林寺前。相传晋慧远法师居此，送客不过溪，过此，虎辄号鸣，故名虎溪。唐·李白《庐山东林寺夜怀》诗："霜清东林钟，水白虎溪月。"
㊷登陇：登上高地。南朝·梁·简文帝《艳歌行》之一："弋猎多登陇，酣歌每入丰。"
㊸齿豁：齿缺。指年老。唐·韩愈《上兵部李侍郎书》："发秃齿豁，不见知己。"
㊹头童：头发脱落。指年老。清·姚鼐《题梦楼集》诗："与君交久无如我，并到头童白颔髭。"
㊺空堂：空旷寂寞的厅堂。汉·司马相如《长门赋》："日黄昏而望绝兮，怅独托于空堂。"
㊻嗣宗：三国·魏·阮籍的字。"竹林七贤"之一。唐·杜甫《示侄佐》诗："嗣宗诸子侄，早觉仲容贤。"
㊼霹雳引：《霹雳引》是唐代诗人沈佺期以乐府古题创作的一首诗。全诗一百二十二字，描写琴师演奏如同霹雳顿生，是一首激发斗志的乐曲。
㊽一为起蛰鞭鱼龙：期待惊蛰之声鞭策鱼龙。出自宋·苏轼《登州海市》：

"岁寒水冷天地闭，为我起蛰鞭鱼龙。"

㊾啼乌别鹤：即《乌夜啼》与《别鹤操》。唐代李勉《琴说》曰："后汉何宴之女儿听到乌鸦啼声，认为是预兆她被囚禁的父亲将要获释，因作此曲。"南朝·齐·谢朓《琴》诗："是时操《别鹤》，淫淫客泪垂。"

浅解：

饶公于青山禅寺鼓琴感遇伤怀，诗中由山寺之景引入鼓琴之感，再由鼓琴之思联想到人生之"惑"与"欲"，表达其对人生苦短的无奈以及对隐逸生活的向往。诗中化用各种曲目入诗，体现饶公的音乐学问和天赋的同时，亦开拓了诗歌的境界和内容。

简译：寒风飒飒于枯树中袭来，深浓云雾弥漫十指之间。山高深水长流令人遐想，神无方易无体谁可称雄。抱琴想要眠于青山之侧，眼中栖鹊出没夕阳美景。金碧辉煌之楼雕绘精美，非李将军即是王熊所为。夜晚禅门深闭四周寥寂，人与崖壁默契缅怀支公。何年乘杯渡水来此驻留，直至今日花落春山空灵。人心宁静禽鸟自在自得，归回还可栖息松树之旁。南征没有大海咫尺天涯，依靠北斗远望崆峒之上。波涛翻滚忽落边远之地，大屋庇护之下风霆无畏。盛年最喜朋友欢聚之乐，身处异域莫叹无人相助。清心寡欲自然是非泯灭，射鸭无需借助竹枝之弓。剩下琴声参悟天地之始，姑且轻拍肩膀吟咏《醉翁》。俯瞰山峦纾解心中不快，荒野绿水迷蒙胸中回荡。谁用钓竿轻拂碧玉之树，况听闻曾建都采珠于此。雾气昏昏暗暗如同黑夜，七圣无法分清东西南北。山川环海晨夕变幻莫测，无法分辨山岭或是山峰。超然象外何处使人心安，扪心自问星宿落于胸次。云林浓密浩渺无人之野，傍晚钟声让我深深醒悟。无劳吟奏泰山东武之曲，作者已经畅游鸿蒙太空。向来心领神会不在远近，莫要细数阆风千万山巅。潺潺滴水穿过石头溜走，日落山峦烟虹隐约映衬。藐姑箕首名山藏匿其中，不曾忘却虞夏继承黄农。渔夫迎对浪头踏潮咏唱，隐士妄然窥探虎溪之境。登高遥望秦地乐不成段，将要归回自抚感伤飘蓬。十年至今依旧无法返回，几人牙齿脱落头发花白。岩壁高耸险峻青溪远处长流。猿鸟啼鸣声哀秋虫低泣。畅然眺望山中丘陵乔木，故乡只许我们梦中相遇。每次感叹羁旅渐行渐远，坐在空旷厅堂追忆阮籍。不如尝试演奏《霹雳引》曲，期待惊蛰之声鞭策鱼龙。《啼乌》、《别鹤》徒然感伤时事，《岐山操》、《思士操》意义深远。

论画再次履川风字韵

　　待纵宗炳①振玄风②，崑阆③尽纳方寸中。旷怀直追千载上，懒将恒岱④较雌雄。坐究八荒⑤生百态，心花竞放浅深红。山川贲华⑥终待汝，光悬日月何熊熊。兴来手补乾坤⑦缺，乘桴⑧欲谒扶桑公⑨。寸缣⑩苍莽露崖崿⑪，人天溱泊⑫非凿空⑬。脱略⑭形似畅神趣，寒风肃肃吹碉松。水墨辋川⑮久冥灭，林峦洪谷想崆峒⑯。华原⑰独自师造化⑱，心源万汇归帱幪⑲。董巨⑳郁为百世法㉑，譬先行陈有元戎㉒。僧繇㉓点画吁可怖，森森钩戟㉔明霜弓。画书异名本同体，论心合有岩下翁㉕。循虚振迅㉖天真出，离披㉗气可倾鸿蒙㉘。使毫行墨浑成耳，非此畴得诣玄宫㉙。藻绘㉚不徒求容势，春风浩荡满南东。秋云遥望情无极，孤岑呈秀茁奇峰。曲为嵩华㉛趣方丈，天然丘壑横心胸。丹青自古比雅颂㉜，神奸㉝可烛赖鼎钟㉞。汉明宫殿罗粉绘，蜀郡学堂开颛蒙㉟。虎头㊱倒景作清气，三分倨一成二重。（摭顾恺之画云台山记语。）欲以栖神㊲澄橐虑，却于赫巇㊳卧飞虹。胜流精爽挹魏晋㊴，皇风淳古慕羲农㊵。吴兴（朱审）瑰壮何险黑，北宋遗徽时一逢。王宰蜀山㊶趋巧峭，下视马夏㊷犹榛蓬。画惟全真兼存性，吾生笃好自骖童㊸。向来艺者须意气，岂比懦夫老雕虫㊹。亦知天马不受络，但期造化相参通。膏馥㊺得一足挥霍，华滋㊻舍尔焉宗朝。伫看橐龠㊼开户牖，莫执螾蜓嘲龟龙㊽，谁能会此通变意，化机万古无终穷。

注释：

① 宗炳：宗炳（375—443）字少文，南涅阳（今河南镇平）人，家居江陵（今属湖北）。士族。南朝宋画家。擅长书法、绘画和弹琴。著有《画山水序》。
② 玄风：天子清静无为的教化。《文选·庾亮〈让中书令表〉》："遂阶亲宠，累忝非服，弱冠濯缨，沐浴玄风。"

③崑阆：指昆仑山上的阆苑，传说中神仙所居之地。南朝·宋·鲍照《舞鹤赋》："指蓬壶而翻翰，望崑阆以扬音。"
④恒岱：恒山、泰山简称。
⑤八荒：八方荒远的地方。《关尹子·四符》："知夫此物如梦中物，随情所见者，可以凝精作物，而驾八荒。"
⑥贲华：谓开出多彩的花。南朝·梁·刘勰《文心雕龙·原道》："云霞雕色，有逾画工之妙；草木贲华，无待锦匠之奇。"
⑦乾坤：指天地。《易·说卦》："乾为天……坤为地。"
⑧乘桴：乘坐竹木小筏。《论语·公冶长》："道不行，乘桴浮于海。"
⑨扶桑公：即玉皇大帝。又称东王公、木公、东王父、扶桑大帝、东华帝君。
⑩寸缣：小幅书画。清·徐沁《明画录》卷三："笔意苍劲，尺幅寸缣，便有林壑窅冥之势。"
⑪崖崿：山崖。晋·卢谌《时兴》诗："登高眺遐荒，极望无崖崿。"
⑫凑泊：凝合；聚合。《景德传灯录·慧寂禅师》："我今分明向汝说圣边事，且莫将心凑泊，但向自己性海如实而修。"
⑬凿空：凭空无据；穿凿。唐·韩愈《答刘秀才论史书》："巧造语言，凿空构立善恶事迹。"
⑭脱略：轻慢不拘。《文选·江淹〈恨赋〉》："脱略公卿，跌宕文史。"
⑮辋川：水名。即辋谷水。诸水会合如车辋环凑，故名。在陕西省蓝田县南，源出秦岭北麓，北流至县南入灞水。唐·诗人王维曾置别业于此，创作《辋川图》。
⑯崆峒：见《青山禅寺鼓琴次履川风字韵》诗注。
⑰华原：范宽，字中立，华原（今陕西耀县）人。北宋画家，生卒年不详。
⑱师造化：《历代名画记》记载说："初，毕庶子宏擅名于代，一见惊叹之，异其唯副县长秃笔，或以手摸绢素，因问璪所受。璪曰：'外师造化，中得心源。'毕宏于是阁笔。"艺术必须来自现实美，必须以现实美为源泉。但是，这种现实美在成为艺术美之前，必须先经过画家主观情思的熔铸与再造。
⑲帱幪：古代称帐幕之类覆盖的东西。此指现实。
⑳董巨：南唐画家董源、五代宋画家巨然并称"董巨"。
㉑百世法：程式一定，模式一定，即为"百世宗法"，董源、巨然之披麻皴一出，千年之正宗正法，可称为"百世宗法"。

㉒元戎：主将，统帅。南朝·陈·徐陵《移齐王》："我之元戎上将，协力同心，承禀朝谟，致行明罚。"

㉓僧繇：张僧繇，吴（苏州）人。梁天监中为武陵王侍郎，直秘阁知画事，历右军将军、吴兴太守。苦学成才，长于写真，并擅画佛像、龙、鹰，多作卷轴画和壁画。成语"画龙点睛"的故事即出自于有关他的传说。

㉔钩戟：古代兵器。亦作"句戟"、"钩棘"。《史记·秦始皇本纪》："锄耰棘矜，非铦于句戟长铩也。"

㉕岩下翁：隐遁之人。

㉖振迅：激励；奋起。《公羊传·庄公八年》："出曰祠兵，入曰振迅。"

㉗离披：盛貌；多貌。《西京杂记》卷六引汉·刘胜《文木赋》："丽木离披，生彼高崖。拂天河而布叶，横日路而擢枝。"

㉘鸿蒙：宇宙形成前的混沌状态。《庄子·在宥》："云将东游，过扶摇之枝，而适遭鸿蒙。"

㉙玄宫：仙人居住的宫殿。南朝·梁·陶弘景《冥通记》卷二："夫为真仙之位者，偃息玄宫，游行紫汉。"

㉚藻绘：作美丽的描绘。宋·曾巩《〈南齐书目录〉序》："其更改破析刻雕藻绘之变尤多，而其文益下。"

㉛嵩华：原指嵩山、华山。比喻崇高。唐·皮日休《内辩》："公当时之望，溟渤于文场，嵩华于朝右。"

㉜雅颂：《诗经》内容和乐曲分类的名称。雅乐为朝廷的乐曲，颂为宗庙祭祀的乐曲。代指盛世之乐、庙堂之乐。《礼记·乐记》："故听其雅颂之声，志意得广焉。"

㉝神奸：能害人的鬼神怪异之物。《左传·宣公三年》："远方图物，贡金九牧，铸鼎象物，百物而为之备，使民知神奸。"

㉞鼎钟：鼎与钟。古代钟鼎上刻铭文，以旌有功者。此指有识之士。

㉟汉明宫殿罗粉绘，蜀郡学堂开颛蒙：指绘画承担的教化功能。唐·张彦远《历代名画记》："是以汉明宫殿，赞兹粉绘之功；蜀郡学堂，义存劝戒之道。"

㊱虎头：晋代画家顾恺之字。

㊲栖神：凝神专一。为道家保其根本，养其元神之术。《淮南子·泰族训》："今夫道者，藏精于内，栖神于心，静漠恬淡，讼缪胸中。"

㊳赫巇：大山小山。

㊴魏晋：魏晋的画风。

㊵羲农：伏羲氏和神农氏的并称。《文选·班固〈答宾戏〉》："基隆于羲农，规广于黄唐。"
㊶王宰蜀山：王宰为唐代蜀中人，善画蜀山，杜甫有《戏题王宰画山水图歌》诗。
㊷马夏：南宋马远和夏珪。其山水画的意旨在于以简单的笔法，描绘苍松岚峰等自然景物，予人以天地浩瀚、苍茫虚渺之感。
㊸骏童：指愚昧笨拙的人。出处：清·刘大櫆《乌程闵君志铭》："又善于诱掖，其言披豁畅朗，支分族解，呆童钝夫闻之，咸如梦寐惊觉。"
㊹老雕虫：指长年累月埋头写诗作文。雕虫，比喻小技，小道。
㊺膏馥：本为脂膏的香味，借喻对诗文或画作的美好的回味。宋·辛弃疾《满江红·游清风峡和赵晋臣》词："风采妙，凝冰玉。诗句好，余膏馥。"
㊻华滋：比喻优美的艺术作品。
㊼橐龠：古代鼓风吹火用的器具，此喻肺主气，司呼吸，调节气机的功能。
㊽执蝘蜓嘲龟龙：以蝘蜓比作龙，有随意混杂，贬低一方之意。语出汉·扬雄《解嘲》："今子乃以鸱枭而笑凤凰执蝘蜓而嘲龟龙。"唐·李白《鸣皋歌送岑徵君》："蝘蜓嘲龙，鱼目混珍。"

浅解：

此诗详细介绍了历代画家的创作风格和开创之功，从中揭示佳品的共同秉性，即强调天真任性的心境在创作中的重要作用。结尾处"谁能会此通变意，化机万古无终穷。"指出能领会创作的真正旨意，则无论是过去、现在、未来皆可重塑完美艺术作品，且永远不会过时消亡。

简译：等待宗炳振兴无为之风，崑阆尽纳心胸中方寸间。豁达襟怀直追千古之上，不屑拿恒山泰山做比较。坐究八荒之地百态横生，灵感不绝画卷浅深有致。山川绚烂之花等待着你，日月交辉光焰如此旺盛。兴来挥毫手补天地之缺，乘船想要干谒玉皇大帝。尺幅书画山崖苍莽峻峭，天人合一并非穿凿附会。不拘形似追求神韵趣旨，寒风萧瑟吹袭硐底之松。水墨辋川画作销声匿迹，山峦崖谷宛如崆峒仙境。范宽以现实美熔铸再造，心源万汇终将来自现实。董源巨然创作百世宗法，率先开辟新法引领后人。僧繇画龙点睛实在恐怖，钩戟般浓荫弓箭般明霜。画与书异名本为同源，研究心境恰有岩下之翁。追求虚空激起天然性质，茂盛之气可倾覆混沌状态。挥毫走墨画卷浑然天成，并非借助神力获得神趣。美绘不只追求表象阵势，春风浩浩荡荡遍地吹拂。遥望秋天云朵情绪无边,孤山秀丽峦峰奇美峻厉。一丈见方之地曲折崇高,天然丘陵沟壑罗列胸次。自古画作与雅颂相媲美,洞悉鬼神依赖有识之士。图画有教化做人的道理,蜀郡学堂开启劝诫之始。顾恺之画作山影有清气,三分倨一使耿然成二重。想要凝神专一祛除积虑,却在山中点缀七彩飞虹。佳品精爽致敬魏晋之风,风格淳朴追慕羲农古韵。吴兴朱审瑰壮阴黑磊落,北宋遗作难得目睹一见。王宰蜀山之画玲珑巧峭,轻视马夏如同榛莽蓬生。画惟保全天性才是佳作,我生来愚昧但酷好作画。向来艺术创作须要意气,岂能与懦夫的伎俩相比。亦知天空神马不受拘束,但期盼能够参透再创造。得一佳作值得挥霍回味,优美作品皆有相同性质。驻足呼吸吐纳开启窗户,莫要蝘蜓比龙随意混杂。谁能领会此中通变之意,则可运用万古不会枯竭。

题曾酌霞渊默雷声集①

十年露电②去骎骎③,忍向遗编溯苦吟。身逐鸟飞终是谶④,天教云断独何心。(集中有"等是断云吹易散,不如飞鸟过无痕"句。)行藏⑤穷发⑥余孤诣⑦,文字奇哀有远音。兄弟白头乡国泪,伤春⑧地下更难禁。

注释:

①曾酌霞渊默雷声集:曾昭桦(1906—1951),号酌霞,曾文正公(1811—1872)曾孙。酌霞殁后月余,其兄约农(1893—1987)于酌霞遗箧得生前钞录之《匡庐酬唱》、《凌铁》、《双槐》、《东台》、《愍征》、《粤游》各集手稿本。除《匡庐》一集外,皆是旅食四方之作;至于战后在京汉及居港时之诗稿,则尽毁于空难。遂乃请托酌霞生前好友余少飒(1903—1990),为酌霞搜集遗稿。少飒先生以匝月之功,录得53题62首。其中有未入集者,又有在集中而文字稍异者,皆并蓄存;题曰《渊默雷声馆遗稿》。
②露电:朝露易干,闪电瞬逝。比喻迅速逝去或消失。语本《金刚般若波罗蜜经》:"一切有为法,如梦幻泡影,如露亦如电,应作如是观。"
③骎骎:疾速。南朝·梁·简文帝《纳凉》诗:"斜日晚骎骎,池塘半生阴。"
④谶:将要应验的预言、预兆。
⑤行藏:行迹;底细;来历。金·董解元《西厢记诸宫调》卷五:"那红娘对生一一话行藏。"
⑥穷发:极北不毛之地。《庄子·逍遥游》:"穷发之北有冥海者,天池也。"
⑦孤诣:独到的修养。多指品德学识。清·顾炎武《赠路舍人泽溥》诗:"绝迹远浮名,林皋托孤诣。"
⑧伤春:因春天到来而引起忧伤、苦闷。唐·司空曙《送郑明府贬岭南》诗:"青枫江色晚,楚客独伤春。"

浅解:

此诗为挽诗,诗中对曾酌霞的品德和诗歌做了高度的评价,亦阐述了二人的友谊，表达了对曾酌霞辞世的无奈和悲痛。

  简译：十年如露电般迅速逝去，忍涕翻阅遗作回溯往事。身死逐鸟而飞终要应验，上天吹散断云有何居心。足迹行遍天下留下芳德，文章奇丽哀伤名声远扬。兄弟头发花白泪洒乡国，忧伤因为你而更加难受。

与楘斋北沟摩挲器物,绌读书画,不觉浃旬,庄尚严那志良二君冒风雨饬人辇散氏盘①相示,意尤可感,因纪以诗。

能来触暑复冲寒,南港北沟屡往还。
凌晨驱车排日②至,荒村寂寂证古欢③。
鸿都④建业⑤足俦匹⑥,山花宝器同斑斓⑦。
毛公旧鼎⑧摩挲久,郭熙⑨发兴青林间。
亦知望古古遥集⑩,佳书直作故人看。
平生一事最堪忆,暮雨满山辇散盘。

注释:

①散氏盘:散氏盘,因铭文中有"散氏"字样而得名。有人认为作器者为矢,又称作矢人盘。清乾隆初年于中国陕西省宝鸡市凤翔县出土。盘高20.6厘米,口径54.6厘米,重21.312公斤。圆形,浅腹,双附耳,高圈足。腹饰夔纹,圈足饰兽面纹。内底铸有铭文19行、共357字。现藏于台北故宫博物院。
②排日:排句是日本的一种古典短诗,由十七字音组成。它源于日本的连歌及排谐两种诗歌形式。此指友人相聚(以诗画会友)的日子。
③古欢:往日的欢爱或情谊。《文选·古诗〈凛凛岁云暮〉》:"良人惟古懽,枉驾惠前绥。"
④鸿都:汉代藏书之所。《后汉书·儒林传序》:"乃董卓移都之际,吏民扰乱,自辟雍、东观、兰台、石室、宣明、鸿都诸藏典策文章,竞共剖散。"此处指收藏书画。
⑤建业:建立功业。《孔子家语·入官》:"有本而能图末,修事而能建业。"
⑥俦匹:相比。唐·李嘉祐《送舍弟》诗:"老兄鄙思难俦匹,令弟清词堪比量。"
⑦斑斓:色彩错杂灿烂貌。晋·王嘉《拾遗记·岱舆山》:"北有玉梁千丈,驾玄流之上……玉梁之侧,有斑斓自然云霞龙凤之状。"
⑧毛公旧鼎:西周晚期宣王时的青铜器。清道光末在陕西省岐山县出土。完

好无损。铭文三十二行，连重文共四百九十七字。为传世青铜器最长的铭文。此器现藏于台湾省。

⑨郭熙：(约1000—约1080)，北宋画家、绘画理论家。字淳夫，河阳温县(今河南孟县)人。存世作品有《早春图》、《关山春雪图》、《窠石平远图》、《幽谷图》等。子郭思纂集其画论为《林泉高致集》。

⑩望古古遥集：谓仰慕古代高士，不啻遥与会集。

浅解：

此诗描述了饶公与李棪斋、庄尚严、那志良等人在北沟山中摩挲古物之感，诗中透露出饶公与友人相聚的欢喜以及赏玩宝物的激动之情。

简译： 此地既能解暑又能驱寒，南方港湾北沟频繁往返。相聚之日凌晨坐车前往，寂静荒村见证你我情谊。收藏书画堪比建功立业，山间野花与宝物皆灿烂。毛公旧鼎赏玩久不能罢，郭熙青林之间激发意兴。仰慕古代高士与其神会，赋作佳篇呈与友人共赏。平生有一事最值得回忆，夜幕山中听雨挲散氏盘。

北美绝句赠杨莲生①

霜鬓他乡尚草玄②,传经心事岂徒然。
十年宾至如归日③,入座春风许我先。

注释:

① 杨莲生:杨联升,亦即杨莲生。(1914—1990),原名莲生,后以莲生为字;原籍浙江绍兴,生于河北保定。1937年毕业于清华大学经济系,1940年赴美就读于哈佛大学,1942年获哈佛大学硕士学位,1946年完成《晋书食货志译注》,获博士学位。四十年代初,在哈佛习文史哲的中国留学生中,任华(西方哲学)、周一良(魏晋南北朝史)、吴于廑(世界史)、杨联升(中国史)四人皆风华正茂,且意气相投;周、杨二氏尤为英敏特出,当时胡适已有意延揽他们到北大为己所用。其后任、周、吴三人皆返国任教,三十年间运动相乘,政治逼人,周氏虽于劫后重拾旧业,终未臻大成;惟杨氏自有因缘,得以留在哈佛远东语文系执教,墙外开花,海外称雄,乃至有汉学界第一人之誉。

② 草玄:指汉·扬雄作《太玄》。《汉书·扬雄传下》:"哀帝时,丁、傅、董贤用事,诸附离之者或起家至二千石。时雄方草《太玄》,有以自守,泊如也。"后因以"草玄"谓淡于势利,潜心著述。

③ 宾至如归日:谓宾客到此如归其家。形容待客亲切、周到。《左传·襄公三十一年》:"宾至如归,无宁菑患;不畏寇盗,而亦不患燥湿。"

浅解:

此诗描述了饶公美国拜访杨联升之事,诗中对杨联升在异国他乡传授国学知识极为褒扬,又对杨联升热情待客之道大加赞赏。

简译:鬓发灰白异国潜心著述,传授经学之志岂会徒然。十年未见如此待客亲切,邀我入座待我温暖如春。

霜影覆地，乡尚学玄，修邦公笔堂，往玉十年，宫色为归日，一岸花风。

此美鹭鸶湾，许我先杨莲生教授

甲午遥岑

又和莲生

招邀鸡黍^①妇当厨,惊座高文^②照西隅。
闻说读书头欲白,古欢长聚夜深炉。

注释:

①鸡黍:指饷客的饭菜。语本《论语·微子》:"止子路宿,杀鸡为黍而食之。"
②高文:指优秀诗文。亦用作对对方诗文的敬称。晋·葛洪《抱朴子·喻蔽》:"格言高文,岂患莫赏而减之哉。"

浅解:

　　此诗继续描述饶公与杨联升相会之景:美味佳肴不可或缺,以文会友必不可少,十年不曾相见,头已花白,历经多少人生之事,必定有不少经历值得分享,谈笑直至深夜不足为奇。

　　简译:妻子下厨准备丰厚美食,赋作佳文惊座西方之友。听闻久读诗书头已花白,共叙情谊直至夜深点灯。

广岛夜吊和平冢①

一瞬嗟无常②，劫灰塞行路。
层楼火后茆③，微命④草间露。
孤炬照千秋，一碑睨方怒。
死者难瞑目，谁复蹈此误。
荒榛⑤厌人骨，森然夜可怖。
莫言如泡影，九京⑥忍重顾。
我来凭吊久，逝水尚东注。
佳兵⑦纷未已，群生那得度。
何以儆⑧后人，回车更缓步。

注释：

①和平冢：广岛和平纪念公园位于广岛市街中心、元安川和本川汇合点的中岛町。是为纪念1945年8月6日广岛遭原子弹轰炸而建立的公园。
②无常：变化不定。《书·蔡仲之命》："民心无常，惟惠之怀。"
③茆：一种多年生水生草本植物。
④微命：微小的生命；卑微的性命。《楚辞·天问》："蠭蛾微命，力何固？"
⑤荒榛：杂乱丛生的草木。晋·孙绰《游天台山赋》："披荒榛之蒙茏，陟峭崿之峥嵘。"
⑥九京：泛指墓地。宋·黄庭坚《送范德孺知庆州》诗："平生端有活国计，百不一试薶九京。"
⑦佳兵：《老子》："夫佳兵者，不祥之器，物或恶之，故有道者不处。"后世沿用"佳兵"为坚甲利兵或好用兵之义。
⑧儆：使人警醒，不犯过错。

浅解：

饶公于日本广岛和平纪念公园处凭吊遭原子弹爆炸的无辜死者，感叹战争之残酷，人命如草芥。后人要以此为警示，以史为鉴，方可知兴替。

简译：感叹瞬间足以改变，战争劫灰阻碍发展。高楼毁后杂草丛生，性命卑微草间求生。孤独火炬明示后代，纪念墓碑令人愤怒。无辜死者难以瞑目，谁还想要重蹈覆辙。荒芜之草厌恶人骨，夜里阴森实在恐怖。不要说是梦幻泡影，墓地林立不堪回首。我来此地凭吊已久，逝去流水尚且东流。喜好战事未曾停止，众生怎么能够安生。何以能使后人警醒，放慢脚步驱车归回。

池田末利①教授偕游宫岛，归舟中作

浮岸飞凫②水击舷，长洲无浪复无烟。
横流截壑终归海，短日③衔山尚照天。
廊庙④逶迤连贝阙⑤，鸟居⑥竦峙阅桑田。
千松环拱同参拜，麻屦⑦白衣想昔贤。

注释：

①池田末利：1910年出生于日本广岛县，1936毕业于广岛文理科大学，承当时《尚书》学大师加藤常贤之教。1938年—1941年留学北京大学，获得多种清代学者《尚书》学著作稀述本，益坚研究志趣。后曾任教北平中国大学及外国语专科学校，又使自己走上研究甲骨学及中国古代宗教学的道路。1953年回国任广岛大学副教授。钻研三年后，写成《中国祖先崇拜的源流的研究》，得文学博士，1956年任广岛大学教授。除相继几次负责中国宗教思想研究课题，和曾于1959年完成《葬制集录》外，并于1964年完成要著《殷虚书契后编释文稿》一书，及《中国古代之一祀典——喀左旅之祭》论文。然后专力于《尚书》研究。1973年退休，被授广岛大学名誉教授，即转任大东文化大学教授，1976年被选为大东文化大学学长（即校长）。在日本学术界声望日隆，成为日本学术会议会员，日本学术会议第一部副部长；又为日本中国学会（其后改称中国社会文化学会）专门委员兼评议员及东方学会评议员；还任日本境内"中国——四国地区中国学会"会员，等等。池田末利教授于2000年11月9日逝世，享年90岁。
②飞凫：借指轻舟。唐·王勃《三月上巳祓禊序》："或昂骐骥，或泛飞凫。"
③短日：冬季昼短夜长，故称冬令白天为"短日"。唐·韩愈《燕河南府秀才》诗："阴风搅短日，冷雨涩不晴。"
④廊庙：殿下屋和太庙。指朝廷。《国语·越语下》："谋之廊庙，失之中原，其可乎？王姑勿许也。"
⑤贝阙：以紫贝为饰的宫阙。本指河伯所居的龙宫水府，后用以形容壮丽的宫室。语出《楚辞·九歌·河伯》："鱼鳞屋兮龙堂，紫贝阙兮朱宫。"

⑥鸟居：大鸟居（意为进入神社之门），它建于1875年，是平安时代以来的第8次重建。
⑦麻屦：即麻鞋。《后汉书·逸民传·梁鸿》："女求作布衣、麻屦，织作筐缉绩之具。"

浅解：

宫岛，又称"严岛"。日本广岛县西南部、广岛湾西部的岛屿。日本著名三景之一。饶公与池田末利教授同游宫岛，此诗为其归途所作，诗中描绘了宫岛与自然风光的完美结合，展现一幅"天人合一"的脱俗之景。

简译：河岸轻舟浮动水击船舷，长洲没有风浪没有烟雾。横流拦截沟壑终究归海，夕阳即将落山天色尚明。太庙逶迤接连壮美宫阙，大鸟居门阅尽沧海桑田。千松环绕一同参观拜访，麻鞋白衣追忆昔日贤人。

初抵广岛赋赠小尾郊一

驱车迓①我短长亭②,每忆斯人③感涕零。(斯波教授已谢世。)远客难忘花外集④,玄言⑤且寄壁中经⑥。六朝⑦吟望头空白,三峡(指三段峡)奔流眼尚青⑧。劫后⑨山川应胜昔,哦诗⑩喜对暮云停。

注释:

①迓:迎接。
②短长亭:短亭和长亭的并称。
③斯人:即斯波六郎,斯波六郎当时在"选学"方面可称为日本第一人,后为小尾郊一、冈村繁及森野繁夫等继承而不绝于世。
④花外集:《花外集》又称《碧山乐府》,宋末词人王沂孙作品之一。此处指小尾郊一研究范畴。
⑤玄言:指道教义理。唐·张祜《硫黄》诗:"一粒硫黄入贵门,寝堂深处问玄言。"
⑥壁中经:经秦始皇焚书坑儒之后,汉武帝时,鲁恭王为扩建宫室拆毁孔子旧宅,在夹壁中发现了古文经传多种,其中包括《尚书》、《礼记》、《春秋》、《论语》、《孝经》等。
⑦六朝:三国吴、东晋和南朝的宋、齐、梁、陈,相继建都建康(吴名建业,今南京市),史称为六朝。
⑧眼尚青:犹青眼。谓以正眼相看表示重视。唐·王勃《送白七序》:"同人者,少方见阮籍之眼青;知我者,希不学冯唐之首白。"
⑨劫后:指广岛原子弹之灾难。
⑩哦诗:吟咏诗歌。宋·梅尧臣《招隐堂寄题乐郎中》:"日哦招隐诗,月诵归田赋。"

浅解:

此诗追忆与斯波六郎当年相会之景,对斯波六郎的辞世甚为痛惜。诗中阐述了友人之间对中国文学的共同爱好,以从中衬托时光易逝以及战争残酷的无奈。诗歌结尾寄托着饶公的希望和期盼:"劫后山川应胜昔",最坏的时光我们已经度过,未来世界必将一片光明,体现其豁达心态。

简译:驱车前来迎接我于亭中,每次追忆斯波六郎令人悲伤。远到之客难忘花外之集,道教义理且寄托于经书。回首六朝往事头发空白,三段峡水令人正眼相看。劫后山川应比旧时更好,欢喜面对暮云吟咏诗歌。

读栞斋诗稿五色印本，即仿其体制题首。
切韵平声之韵脂韵分用古音之部脂部

千音随风发，寸心带泪滋。
迷离耽客梦，歌吹契春词①。
瑶华②遗远人，芳馨③方奈兹。
攒念在交亲④，切响⑤忘渴饥。
色丝⑥巧织缀，驰思⑦难逐追。
筠枝⑧端可可⑨，章制何迟迟。
燕婉⑩剥新蓬，晻暧⑪裛⑫游丝⑬。
已悲行役⑭逼，曷⑮辞叩问痴。
往来无歇绪，抵死以为期。

注释：

①春词：有关男女恋情的书信或文辞。旧题·宋·尤袤《全唐诗话·莺莺》："莺莺姓崔氏，有张生者，托其婢红娘以春词二篇诱之。"此指美好的诗篇。

②瑶华：比喻诗文的珍美。亦用以对人诗文的美称。唐·岑参《敬酬杜华淇上见赠》诗："赖蒙瑶华赠，讽咏慰怀抱。"

③芳馨：犹芳香。也借指香草。《楚辞·九歌·湘夫人》："合百草兮实庭，建芳馨兮庑门。"

④交亲：谓相互亲近，友好交往。《荀子·不苟》："交亲而不比。"

⑤切响：重浊的字音。古人写诗讲究字音的轻重、清浊搭配得当，以求音节和谐。《宋书·谢灵运传论》："欲使宫羽相变，低昂互节，若前有浮声，则后须切响。"

⑥色丝：南朝·宋·刘义庆《世说新语·捷悟》："魏武尝过曹娥碑下，杨修从。碑背上见题作'黄绢幼妇外孙齑臼'八字。魏武谓修曰：'解不？'……修曰：'黄绢，色丝也，于字为绝；幼妇，少女也，于字为妙；外孙，女子也，于字为好；齑臼，受辛也，于字为辞：所谓绝妙好辞也。'"后因

以"色丝"指绝妙好辞，犹言妙文。

⑦驰思：驰念；遐想。汉·傅毅《舞赋》："修仪操以显志兮，独驰思乎杳冥。"

⑧筠枝：竹枝。

⑨可可：不经心貌。宋·柳永《定风波》词："自春来、惨绿愁红，芳心是事可可。"

⑩燕婉：仪态安详温顺。《诗·邶风·新台》："燕婉之求，籧篨不鲜。"

⑪晻暖：昏暗温暖。汉·王逸《鲁灵光殿赋》："霄霭而晻暖。"

⑫褱：缠绕。

⑬游丝：指蜘蛛等布吐的飘荡在空中的丝。南朝·梁·沈约《八咏诗·会圃临春风》："游丝暧如网，落花雰似雾。"

⑭行役：泛称行旅，出行。唐·李白《估客行》："海客乘天风，将船远行役，譬如云中鸟，一去无踪迹。"

⑮曷：为什么不。

浅解：

此诗阐述了饶公自己一生的追求：独立之精神、坚持之意志，寻求自然本真之生活，为理想不惜赴汤蹈火死而后已。

简译：千万音符随风而发，方寸之心协同泪水。迷惘阻碍游子之梦，歌声契合美好诗篇。愿此佳篇贻赠远人，芳香更加持之以久。信念聚集友好交往，斟酌切响忘记饥渴。绝妙好辞慢慢积累，思绪万千难以追逐。竹枝端立毫不在意，规章韵律迟迟未合。安详温顺拨弄新叶，昏暗温暖蛛丝缠绕。被逼无奈羁旅生活，试问为何如此痴妄。往来没有停歇之意，鞠躬尽瘁死而后已。

群贤送别效棪斋体　切韵平声之韵古音之部

堕溷①人间我独痴，西风离合定前期②。
飞云易徒真如叶，别树③旁牵赖有丝。
来日钿车④劳想象，故时燕影蓄然疑。
海涯⑤盍试⑥回生⑦种，重上深山访玉芝⑧。

注释：

①溷：混浊。
②前期：事前或过去的约定；预定。《庄子·徐无鬼》："射者非前期而中，谓之善射，天下皆羿也。"
③别树：另外树立，指与众不同。
④钿车：用金宝嵌饰的车子。唐·白居易《浔阳春·春来》诗："金谷蹋花香骑入，曲江碾草钿车行。"
⑤海涯：海边。宋·苏轼《寄高令》诗："田园知有儿孙委，蚤晚扁舟到海涯。"
⑥盍试：何不。
⑦回生：再生，复生。唐·李商隐《寓怀》诗："草为回生种，香缘却死熏。"
⑧玉芝：比喻贤才，此借指饶公朋友。唐·刘禹锡《哭吕衡州》诗："一夜霜风彫玉芝，苍生望绝士林悲。"

浅解：

　　饶公送别朋友，追忆相聚之日，期盼重聚之时。诗中包含真挚的感情，体现了饶公与友人相惜之情。
　　简译：人生在世我是如此痴狂，西风吹时定好相聚日子。飞云易散如同飘零落叶，与众不同有赖管弦之乐。想象未来金宝饰车相邀，旧时如燕子留影般迷离。何不相期海边重逢之日，齐上深山拜访诸位贤士。

次韵棪斋玉湖有忆　切韵平声文韵古音真部

萤影①蛰声②恨失群，冀州③飙举④忆夫君。
十兰曾是连根种，修黛相从断碧分。
烂漫江枫看夺锦⑤，华妍涧月苦随云。
商量⑥雅和忘倾夕，野露霏霏已湿裙。

注释：

①萤影：犹萤光。唐·王维《班婕妤》诗："玉窗萤影度，金殿人声绝。"
②蛰声：蟋蟀的鸣声。唐·白居易《禁中闻蛰》诗："西窗独暗坐，满耳新蛰声。"
③冀州：古代称中原地区。《楚辞·九歌·云中君》："览冀州兮有余，横四海兮焉穷？"
④飙举：形容才情风发超逸。《明史·王越传》："越姿表奇伟，议论飙举。"
⑤夺锦：《新唐书·文艺传中·宋之问》："武后游洛南龙门，诏从臣赋诗，左史东方虬诗先成，后赐锦袍，之问俄顷献，后览之嗟赏，更夺袍以赐。"后因称竞赛中获胜为"夺袍"，即"夺锦"。
⑥商量：交换意见。此指游赏自然之景。

浅解：

饶公回忆与棪斋游赏之事，在惋惜无法与旧友相聚同游之时，又感叹大自然带给自己的快乐，体现饶公对自由生活的向往。

简译：荧光闪动蟋蟀啼鸣恨我离群，伫立中原思绪泛滥追忆贤君。兰草本是根叶接连根叶之种，青黑如黛的山峰连绵而不断。江边枫叶如此烂漫争相辉映，华美妍丽之月山涧追逐云彩。领略自然之景令人忘却天色，不觉野外露水早已沾湿衣裙。

雪霁冰凫（Banff）诸峰改观，棪斋填玲珑四犯①以寄湖山寥寂之感。余既继声，复效其体，续为长句。
切韵平声钟韵古音东部

霜冷秋山尚郁葱②，水流云殢③失前踪。
密林经雨新添泪，明雪回晴漫改容。
过眼玲珑微惜玉，关心④眉黛不成峰。
西风梦结澄潭影，一路陵峦定几重。

注释：

①玲珑四犯：词牌名。此调创自宋周邦彦。双调，九十九字，仄韵。姜夔又有自度曲，与周词读句不同。
②郁葱：树林等茂盛。
③殢：滞留。
④关心：挂念。

浅解：

冰凫（Banff）是位于加拿大阿尔伯达省卡加利西面的一个小镇，它盘卧在洛矶山脉的脚下，被洛矶山脉层层包围和穿插，是一个飘在蓝天、高山、绿地和河流之间的大自然的美妙之物，因此被称为洛矶山脉的灵魂。班芙是联合国教科文组织认定的世界自然与文化遗产所在地。冰凫冷秋，雨雪消停，清新明丽的山景令人耳目一新，超然脱俗的风光洗涤着饶公的心灵。
简译：寒冷秋季林木尚且茂盛，流水云滞让人忘记归路。密林经雨洗礼如同泪落，雨雪消停天地面目一新。满眼明彻玲珑令人怜惜，胸次罗列青黑如黛之峰。西风与清澈潭水相结缘，这丘陵峰峦究竟有几重。

玉湖山椒千枝含雪，真吴仲圭①所谓万玉
蘩也。手写粉本以归。　　切韵平声宵韵古音肖部

一任终风②取次③飘，千枝戴玉④待凝腰。
神伤⑤陵谷情常在，兴托⑥江湖⑦路已遥。
脚下烟痕添妩媚，山中螺髻⑧得娇娆。
原知到此聊栖息，且抹微云为素描。

注释：

①吴仲圭：吴镇（1280—1354），元代画家。字仲圭，号梅花道人，尝署梅
　道人。浙江嘉兴人。擅画山水、墨竹。山水师法董源、巨然，兼取马远、
　夏圭，干湿笔互用，尤擅带湿点苔。水墨苍莽，淋漓雄厚。喜作渔父图，
　有清旷野逸之趣。墨竹宗文同，格调简率遒劲。与黄公望、倪瓒、王蒙合
　称"元四家"。精书法，工诗文。存世作品有《渔父图》、《双松平远图》、
　《洞庭渔隐图》等。
②终风：《诗·邶风·终风》："终风且暴，顾我则笑。"毛传："终日风为终
　风。"《韩诗》以终风为西风。后多以指大风、暴风。
③取次：随便，任意。晋·葛洪《抱朴子·祛惑》："此儿当兴卿门宗，四海
　将受其赐，不但卿家，不可取次也。"
④戴玉：指遮盖着雪。
⑤神伤：伤神，伤心。北齐·颜之推《颜氏家训·勉学》："苟奉倩丧妻，神
　伤而卒，非鼓缶之情也。"
⑥兴托：寄兴寓意。
⑦江湖：泛指四方各地。《汉书·王莽传下》："太傅牺叔士孙喜清洁江湖之
　盗贼。"
⑧螺髻：比喻耸起如髻的峰峦。唐·皮日休《太湖诗·缥缈峰》："似将青螺
　髻，撒在明月中。"

浅解：

玉湖山顶千枝覆盖白雪，美丽景色给人以一种庄严开阔之境，令饶公顿

觉人之渺小。但饶公能及时从伤神中抽离，乐观面对困境，"原知到此聊栖息，且抹微云为素描"即为写照。

简译：放任西风于空随意飘零，山顶千枝覆雪聚集山腰。情谊常在陵谷令人忧伤，想要寄兴四方路却遥远。脚下烟痕平添几缕妩媚，峰峦耸起如髻着实娇娆。早就知道来此暂时休憩，姑且轻抹微云创作素描。

和棪斋江户行　切韵平声微韵古音脂部

难得间关①送汝衣，惹怜鳗井②惜多违③。
画梁④燕子先秋集，霜驿山村渐夜归。
枉读鲛绡⑤仍自忍，枯弹客泪有谁依。
消残裙屐⑥繁华梦，独胜瑶台偃蹇围⑦。

注释：

① 间关：象声词。形容婉转的鸟鸣声。唐·白居易《琵琶行（并序）》："间关莺语。"
② 鳗井：古井名。
③ 多违：谓久别。唐·王勃《送卢主簿》诗："开襟方未已，分袂忽多违。"
④ 画梁：有彩绘装饰的屋梁。南朝·陈阴铿《和樊晋侯伤妾》："画梁朝日尽，芳树落花辞。"
⑤ 鲛绡：指毛帕、丝巾。宋·陆游《钗头凤》词："春如旧，人空瘦，泪痕红浥鲛绡透。"
⑥ 裙屐：裙，下裳；屐，木底鞋。原指六朝贵游子弟的衣着。后泛指富家子弟的时髦装束。清·唐孙华《送同年范国雯出守延平》诗："让齿肩随赖有君，少俊风流羡群屐。"
⑦ 独胜瑶台偃蹇围：瑶台，美玉砌的楼台。亦泛指雕饰华丽的楼台。偃蹇，高耸貌。《楚辞·离骚》："望瑶台之偃蹇兮，见有娀之佚女。"

浅解：

当初离别之景，如今天各一方，孤苦无依，当年许下的诺言和梦想，也早已被世事磨灭。此和诗表达了饶公对久别友人的思念以及人生梦想难以实现的苦闷心情。

简译：难得鸟鸣声中送你归去，鳗井也惋惜我们久久离别。屋梁燕子比秋天更早来此，山村霜露笼罩夜晚将至。借用手帕掩面强忍涕泪，无趣弹奏客居有谁可依。心中繁华之梦早已泯灭，只留下玉砌楼台依然耸立。

中元节檀香山"蕙期期"（Waikiki）城①和棪斋有约不赴

隔尽齐州②一点通，蛮歌③倩笑水声中。可怜负汝团圞④月，无奈随人窈窕⑤风。嘶骑𧝞英丝婉转，（檀岛风俗以鲜花为串，男女均佩之，土语谓之Lai犹华言练也。）空床结梦夜胧朦。（用梁武结梦在空床句。）单衣待订来年会，且试樱桃秀靥⑥红。

注释：

①檀香山"蕙期期"（Waikiki）城：美国夏威夷州欧胡岛南海岸上檀香山一旅游区。是檀香山的东南部分，位于阿拉怀运河。

②齐州：犹中州。古时指中国。《尔雅·释地》："岠齐州以南，戴日为丹穴。"

③蛮歌：南方少数民族之歌。此指檀香山土著的歌曲。唐·杜甫《夜》诗之一："蛮歌犯星起，重觉在天边。"

④团圞：形容圆。

⑤窈窕：娴静貌；美好貌。《诗·周南·关雎》："窈窕淑女，君子好逑。"

⑥靥：酒窝儿，嘴两旁的小圆窝儿。

浅解：

棪斋有约不赴，饶公和诗表达了与棪斋无法相见的惋惜之情，但同时也对友人无法赴约表示理解，并期待明年的约定。同时，诗中描绘了"蕙期期"（Waikiki）城的自然风光和人文环境，展现了异国他乡的风俗民情。

简译：此地与中国相隔万里，欢歌笑语伴随海涛之声。可惜辜负你的团聚之期，无可奈何天无法遂人愿。佩带鲜花鼓奏婉转乐曲，夜色朦胧独卧渐入梦乡。披着单衣预定来年相会，姑且品尝樱桃笑逐颜开。

加拿大自冰凫（Banff）挪伽山（Nargnag）山麓，挟纩①乘缆凳悬渡绝顶，下临无地，逾七千尺。棪斋为印第安少女造像，余亦得环山画稿数十。

阆风②绁马③不言归，来倚崇丘觑翠微④。
崖谷共清经雪濯，裳裾⑤交映拂云飞。
奔车悬渡宁忘险，绝顶孱魂⑥始解围。
明日此情堪一省，秋空挟纩破林霏。

注释：

①挟纩：披着绵衣。亦以喻受人抚慰而感到温暖。《左传·宣公十二年》："申公巫臣曰：'师人多寒。'王巡三军，拊而勉之，三军之士皆如挟纩。"
②阆风：山名。传说中神仙居住的地方，在昆仑山之巅。《海内十洲记·昆仑》："山三角：其一角正北，干辰之辉，名曰阆风巅；其一角正西，名曰玄圃堂；其一角正东，名曰昆仑宫。"
③绁马：缰绳系马。喻指乘缆凳悬渡绝顶之事。
④翠微：指青翠掩映的山腰幽深处。《尔雅·释山》："未及上，翠微。"
⑤裳裾：衣襟。《宋史·李纲传论》："纲虽屡斥，忠诚不少贬，不以用舍为语默，若赤子之慕其母，怒呵犹嗷嗷焉挽其裳裾而从之。"
⑥孱魂：弱小的灵魂。

浅解：

乘坐乘缆凳悬渡绝顶，在七千尺高空领略山景，虽险象环生，却令饶公忘忑而兴奋，并在诗中强烈表达了不枉此行的欢乐。

简译：系紧缰绳如临阆风之巅，依靠崇山窥探青幽山景。悬崖峡谷经过雪水洗濯，风拂衣襟与白云共飘舞。乘缆凳悬渡绝顶忘记危险，登上绝顶方始不忧性命。此时心境将来值得回味，秋高披绵穿过云雾之林。

别路易士湖

雪岭崔巍①不可跻，江干②万树极凄迷。
残阳欲下愁何往，秋水方生我独西。
异国哀笳③催泪落，平皋④娇马畏人啼。
无端丘壑饶清兴⑤，坐对湖云接草齐。

注释：

①崔巍：高峻，高大雄伟。《楚辞·东方朔〈七谏·初放〉》："高山崔巍兮，水流汤汤。"
②江干：江边；江岸。南朝·梁·范云《之零陵郡次新亭》诗："江干远树浮，天末孤烟起。"
③哀笳：悲凉的胡笳声。北周·庾信《奉报赵王出师在道赐诗》："哀笳关塞曲，嘶马别离声。"
④平皋：水边平展之地。《史记·司马相如列传》："汩减噏习以永逝兮，注平皋之广衍。"
⑤清兴：清雅的兴致。唐·王勃《山亭夜宴》诗："清兴殊未阑，林端照初景。"

浅解：

此诗描绘了路易士湖黄昏雪景，凄清之境令饶公萌生孤苦愁情，然饶公能够及时化解忧愁，山清水秀，湖水连天，令他获得心中宁静。

简译：雪岭高大雄伟不可攀越，江边万树如此凄凉模糊。夕阳西下情愁如何消解，秋天雨水将至我独向西。异国悲凉胡笳催人泪下，水边平地骏马畏惧嘶叫。丘陵沟壑无端萌生雅致，坐对湖水白云接天连地。

美澜（Takakkaw Falls）①涯畔，读梜斋次声步韵清真少年游②。

娟娟③秋水思难任，向夕湖澳④翠影沉。
峰罅嘘烟飘霁雪，岸间蘩树卧川禽⑤。
何人穷谷⑥能吹暖，前路群山奈积阴。
马滑霜浓且休去⑦，旧欢如梦足追寻。

注释：

①Takakkaw Falls：塔谷高瀑布（Takakkaw Falls）落差高达384米，仅次于温哥华岛440米高的狄拉瀑布（Della Falls），在加拿大排名第二；相当于著名的尼亚加拉瀑布（Niagara Falls）的六倍高度。
②清真少年游：北宋·周邦彦《少年游·并刀如水》。
③娟娟：姿态柔美貌。唐·杜甫《寄韩谏议注》诗："美人娟娟隔秋水，濯足洞庭望八荒。"
④湖澳：温热湖水。
⑤川禽：指水生动物。《国语·鲁语上》："古者大寒降，土蛰发，水虞于是乎讲罛罶，取名鱼，登川禽，而尝之寝庙，行诸国人，助宣气也。"
⑥穷谷：深谷；幽谷。《左传·昭公四年》："其藏冰也，深山穷谷。"
⑦马滑霜浓且休去：霜又很浓马儿会打滑，不要归去。《北宋·周邦彦少年游·并刀如水》："马滑霜浓，不如休去，直是少人行。"

浅解：

　　此诗描述了秋季塔谷高瀑布的落日之景，迷人的景象让饶公不愿离去。诗中借"前路群山奈积阴"反映人生道路坎坷多艰，"马滑霜浓切休去"亦体现饶公向往宁静自然之境。
　　简译：秋水柔美让我思绪万千，夕阳之下树影倒映在温热湖水中。山隙烟雾迷蒙雪止放晴，岸边树丛栖息水生动物。谁人能在幽谷鼓吹暖风，怎奈群山路途阴气聚集。霜浓马会打滑莫要归去，欢乐如梦让人追寻回忆。

李弥厂荷上斋展观海藏楼七十生日谢客诗稿，及唐李郢自书诗长卷，敬和二首。

勿谓西南远，得朋以类行。
圣者①无弃物，晤对真袭明②。
抱残③甘违时④，诗以喻孤贞。
试唱百年歌，收哀入商声⑤。
惜哉夜起庵⑥，徒博任侠名⑦。

注释：

① 圣者：比一般人更为慈善、耐心、自我克制或有德行的人。
② 袭明：内藏着聪明智慧。
③ 抱残：抱着残缺陈旧的思想不放。
④ 违时：谓违背当时的形势或时代的趋势。《国语·鲁语上》："动不违时，财不过用。"
⑤ 商声：中国古代五音之一。
⑥ 庵：文人的书斋多称"庵"。
⑦ 任侠名：排难解纷、效功当世的襟怀。

浅解：

饶公用诗歌寄托对自由精神的追求，自己孤贞情思，使他难觅知音；亦游历使他与友人惺惺相惜，倍感友情来之不易。

简译：莫要称谓西南遥远，获得友情不枉此行。有德之人不丢弃物，交流让人思想聪慧。守旧甘于不合时令，用诗歌来表达孤贞。尝试吟唱百年之歌，消解哀伤渐入商声。深夜起身尤为惋惜，徒然追逐治世襟怀。

龙凤①岂外饰，星晨兀自行。朱丝②闷③精光，散帙④缥缃⑤明。鬼神⑥呵奇文，宝此风水贞。鉴古八十翁，吾党鼓吹⑦声。摩挲忍去手，空怜白纻⑧名。（羲山汴上寄李郢诗有"烟幌自应怜白纻"句。）

注释：

①龙凤：喻文章。《文选·韦曜〈博弈论〉》："勇略之士，则受熊虎之任；儒雅之徒，则处龙凤之署。"
②朱丝：借指琴瑟。唐·元孚《送李四校书》诗："朱丝写别鹤泠泠，诗满红笺月满庭。"
③闷：掩蔽。
④散帙：打开书帙。亦借指读书。《文选·谢灵运诗》："凌涧寻我室，散帙问所知。"
⑤缥缃：指书卷。缥，淡青色；缃，浅黄色。古时常用淡青、浅黄色的丝帛作书囊书衣，因以指代书卷。南朝·梁·萧统《〈文选〉序》："词人才子，则名溢于缥囊；飞文染翰，则卷盈乎缥帙。"
⑥鬼神：泛指神灵、精气。
⑦鼓吹：宣扬；宣传。唐·杜甫《进〈雕赋〉表》："则臣之述作，虽不足以鼓吹六经，至于沉郁顿挫，随时敏捷，而扬雄、枚皋之流，庶可跂及也。"
⑧白纻：指白纻所织的夏布。夏布被广泛用于绘画、书法、制作折扇扇面、服装等工艺和日常实用用品。

浅解：

　　此诗借《海藏楼七十生日谢客诗稿》强调国学的重要地位，指出文化艺术既非只为了粉饰外表，而且还能使人聪慧。学习传统文化和传承艺术，是我辈应当极力追捧和宣扬的。

　　简译：文章岂是粉饰外表，日月星辰兀立独行。琴瑟可使光辉掩蔽，阅读书卷令人聪明。赋作泣鬼神之奇文，继承前人遗留风起。八十之翁鉴定古物，我辈极力追捧宣扬。抚弄玩赏不愿放手，画布之名让人怜爱。

寄棪斋伦敦，兼讯殿爵，次和刘孝绰①韵略效其体。

丁茫②钑③析微④，混沌川涂辟。沉雁万里冥，寒冰千仞碧。相知缘气类⑤，久要眷平昔⑥。宽腰试看心⑦，（禅家有看心论。）联句⑧恨分席。因忆子刘子⑨，河上赏涛醳⑩。畴为拨雾手，永忆疏雨夕。寄声切问安，敌坚⑪有碛石⑫。

注释：

①刘孝绰：本名冉，字孝绰（481—539），小字阿士，彭城（今江苏徐州）人。能文善草隶，号"神童"。年十四，代父起草诏诰。初为著作佐郎，后官秘书丞。迁廷尉卿，被到洽所劾，免职。后复为秘书监。明人辑有《刘秘书集》。
②丁茫：丁，金文像俯视所见的钉头之形，小篆像侧视的钉形。本义：钉子。茫，面积大，看不清边沿。指钉子能从面积大处辨析细微之处。
③钑：铁钑。
④析微：切割细微之物。三国·魏·曹植《七启》之二："蝉翼之割，剖纤析微。"
⑤气类：意气相投者。语本《易·乾》："同声相应，同气相求……则各从其类也。"
⑥平昔：往昔，往常。南朝·宋·刘义庆《世说新语·德行》："（殷仲堪）每语子弟云：'勿以我受任方州，云我豁平昔时意。'"
⑦看心：《观心论》。又作破相论。传系梁代菩萨达摩撰，亦有唐代神秀撰之说。收于大正藏第八十五册。内容说观心之法；以观心一法总摄诸法，最为简要。本书为禅门撮要卷上观心论（达摩大师观心论）、少室六门集破相论之异本。
⑧联句：作诗方式之一。由两人或多人各成一句或几句，合而成篇。旧传始于汉武帝和诸臣合作的《柏梁诗》。
⑨子刘子：名禹锡（772—842），字梦得，汉族，中国唐朝彭城（今徐州）人，祖籍洛阳，唐朝文学家，哲学家，自称是汉中山靖王后裔，曾任监察御史，是王叔文政治改革集团的一员。唐代中晚期著名诗人，有"诗豪"

之称。
⑩醑：赏赐酒食。
⑪敌坚：对抗利器。
⑫碻石：顽强之石。

浅解：

此诗寄托饶公对友人的思念，同时阐述观心之论，既表达了自己对知己的重视，亦强调人生独立坚韧精神的重要。

简译：从开阔处切割细微，从混沌处开辟川流。雁飞万里幽冥之地，冰覆千仞碧绿之山。相知缘于意气相投，久别眷恋往日之情。宽解腰带尝试观心，联句成篇最怕分离。追忆诗豪刘禹锡者，泛舟河中赏赐酒食。作为拨开云雾之人，怀念傍晚疏雨之时。殷切询问您的近况，对抗利器须有顽石。

苏囿文擢①过我有诗枉赠，叠前韵奉报。

小器②惭斗筲③，大道在翕辟④。
妙句波澜翻，盘空⑤松柟碧。
亲交义所敦⑥，文雅须追昔。
向来渔钓手，许卧沧江⑦席。
碎义⑧安足扬，结习⑨余泛醳⑩。
掞藻⑪得高朋⑫，聊可乐晨夕。
江流且滔滔，导河始积石。

注释：

①苏囿文擢：苏文擢（1921—1997），广东顺德人，曾任教香港中文大学。

②小器：小器皿。三国·魏·吴质《在元城与魏太子笺》："小器易盈，先取沉顿。"

③斗筲：斗与筲。斗容十升；筲，竹器，容一斗二升，皆量小的容器。汉·桓宽《盐铁论·通有》："田畴不修，男女矜饰，家无斗筲，鸣琴在室。"此自指才识短浅，为谦辞。

④翕辟：开合，启闭。语出《易·系辞上》："夫坤，其静也翕，其动也辟，是以广生焉。"

⑤盘空：绕空；凌空。宋·辛弃疾《贺新郎·同父见和再用韵答之》词："硬语盘空谁来听，记当时只有西窗月。"

⑥亲交义所敦：知己之间重要的是在于交情深厚。三国·魏·曹植《赠徐干》诗："亲交义在敦，申章复何言。"

⑦沧江：江流；江水。以江水呈苍色，故称。南朝·梁·任昉《赠郭桐庐》诗："沧江路穷此，湍险方自兹。"

⑧碎义：支离破碎的解说。《汉书·艺文志》："后世经传既已乖离，博学者又不思多闻阙疑之义，而务碎义逃难。"

⑨结习：多指积久难除之习惯。

⑩醳：古通"释"，释放。

⑪捴藻：铺张辞藻。唐·萧颖士《赠韦司业书》："今朝野之际，文场至广，捴藻飞声，森然林植。"

⑫高朋：指贵宾。元·张可久《点绛唇·翻归去来辞》套曲："悦高朋故戚，共谈玄讲理，办登山翫水，早休官弃职，远红尘是非。"

浅解：

此诗对苏文擢赠诗表示兴喜，并对来诗有褒扬之意表示惭愧，诗中阐述了自己对诗歌的酷爱以及自己的诗学观点，强调作诗打基础非常重要，所谓"导河始积石"，常年积累的过程非常重要。

简译：才识短浅不成大器，正道常理时开时闭。绝妙之句波澜翻滚，松楠碧绿凌空耸立。知己之间交情深厚，文雅令人追忆往昔。一直以来渔钓能手，栖息江流天地为席。破碎之说何足宣扬，积久习惯难以放弃。铺张辞藻朋友赏识，已可令我早晚愉悦。江流如此滔滔东逝，引导河流始于积石。

饯岁①和少帆文擢并呈孝若翁三叠前韵

爆竹声隆隆,春林雾初辟。
归梦②连芳草,遥晖荡空碧。
去者不可追,来者宁异昔③。
秉烛待更阑④,胡床⑤早穿席。
天意仍旧蹊⑥,人事换新醳。
昧昧⑦思达晨,悠悠坐竟夕。
敢忘故园⑧心,还就他山石⑨。

注释:

①饯岁:设酒宴送别旧岁。明·欧大任《除夕九江官舍》诗:"饯岁浔阳馆,羁怀强笑欢。"

②归梦:归乡之梦。南朝·齐·谢朓《和沈右率诸君饯谢文学》:"望望荆台下,归梦相思夕。"

③去者不可追,来者宁异昔:此语出自《论语·微子》。原文"楚狂接舆歌而过孔子曰:'凤兮凤兮,何德之衰!往者不可谏,来者犹可追。已而,已而!今之从政者殆而!'"

④阑:晚。

⑤胡床:一种可以折叠的轻便坐具。又称交床。《三国志·魏志·武帝纪》"贼乱取牛马,公乃得渡"裴松之注引《曹瞒传》:"公将过河,前队适渡,超等奄至,公犹坐胡床不起。"

⑥旧蹊:旧时小路。

⑦昧昧:昏暗貌。《楚辞·九章·怀沙》:"进路北次兮,日昧昧其将暮。"

⑧故园:旧家园;故乡。唐·骆宾王《晚憩田家》诗:"唯有寒潭菊,独似故园花。"

⑨他山石:语出《诗经·小雅·鹤鸣》:"他山之石,可以攻玉。"意为别的山上的石头,能够用来琢磨玉器。比喻别国的贤才可为本国效力。

浅解：

　　此诗为除夕之夜所作，强烈地表达饶公对故乡的思念和归乡意切的心情。表达了世事难测，人事多变的无奈之感。

　　简译：爆竹响彻声音隆隆，春天林雾开始消散。归乡之梦接连芳草，远方阳光照亮碧空。过去之事已经过去，现在宁与昔日相异。夜深人静秉烛而谈，胡床席子早已坐穿。天地旧时之路依旧，人事沧桑已换新酒。昏暗之中期盼晨曦，悠悠端坐忘记时间。哪敢忘记故乡之情，做别的山上的石头。

棪斋书云：伦敦郊居，门外积雪七尺，方霁复降，穷庐呕诗，吹律嘘暖。四叠前韵。题其新什。

一雪白无垠，千林青莫辟。
神伤①万丈缟②，心悬③寸草碧。
之子④不归来，远游曷⑤娱昔⑥。
内听穷比音⑦，和体压前席。
初月不到处，饮啜⑧倒村醳。
万里访戴⑨难，相思空日夕。
遥想北风尖，歌声出金石。

注释：

① 神伤：伤神，伤心。晋·孙盛《晋阳秋》："（荀粲）妇偶病亡，未殡，傅嘏往唁，粲不哭神伤，曰'佳人难得'，痛悼不已。"
② 缟：白色。
③ 悬：牵挂。
④ 之子：这个人。《诗·周南·汉广》："之子于归，言秣其马。"
⑤ 曷：何不。
⑥ 娱昔：欢度夜晚。《楚辞·大招》："魂乎归徕，以娱昔只。"
⑦ 比音：配合各种声音，使其谐和。《礼记·乐记》："比音而乐之，及干戚羽旄，谓之乐。"
⑧ 饮啜：谓饥食渴饮，无他要求。语本《礼记·檀弓下》："啜菽饮水尽其欢。"
⑨ 访戴：南朝·宋·刘义庆《世说新语·任诞》："王子猷居山阴，夜大雪……忽忆戴安道。时戴在剡，即便夜乘小船就之。经宿方至，造门不前而返。人问其故，王曰：'吾本乘兴而行，兴尽而返，何必见戴。'"后因称访友为"访戴"。

浅解：

李棪斋来诗阐述伦敦雨雪不停，令饶公燃起思友之情。诗中借用雪中青绿难觅比喻友人相隔万里难聚之无奈。但诗歌不失乐观之调：羁旅远游何不尽情欢度，何处安心何处寻欢，及时行乐，莫要辜负美好时光。

简译：雪色洁白万里无垠，山顶千林青绿不在。感伤哀叹万丈白色，心中牵挂寸草碧绿。这个友人没有归来，远游何不欢度夜晚。屋内配合各种音乐，附和吟唱压倒前席。初升之月未到之处，于村落处饥食渴饮。相隔万里友人难聚，只能早晚思念对方。悠远思索北风凄厉，歌声如此掷地有声。

叔雍归自南溟，趋访不晤。相过又不值，赋此奉约。
兼示尤光敏、梁荣基①二生。五叠前韵。

献岁②迓③归人，旧观粲新辟④。
来往苦相左，空濛幻寒碧。
沧波⑤室尚迩，羁愁⑥忽终昔。
鞶帨⑦思遥年，南北无暖席⑧。
眉寿⑨古所稀，聊此荐觞醳⑩。
传经游夏⑪在，稍慰风雨夕。
春风吾道东，看取书堂石⑫。
（用翁源邵谒事，见方舆胜览。）

注释：

①尤光敏、梁荣基：尤光敏，原新加坡大学（现新加坡国立大学）兼职讲师；梁荣基，原新加坡南洋理工大学国立教育学院亚洲语文系主任。
②献岁：进入新的一年；岁首正月。《楚辞·招魂》："献岁发春兮，汩吾南征。"
③迓：迎接。
④旧观粲新辟：东晋·谢灵运拟诗的序中写王粲："家本秦川，贵公子孙，遭乱流寓，自伤情多。"王粲的曾祖父祖父都是三公，他随父亲居于洛阳。后来董卓挟持献帝迁都，王粲也来到长安，后来又流落荆州。荆州平定后又一直在邺或者许居住，或随曹操出征，没有再回秦川去。此代指赵叔雍流寓国外不归来。
⑤沧波：碧波。南朝·梁·刘勰《文心雕龙·知音》："阅乔岳以形培塿，酌沧波以喻畎浍。"
⑥羁愁：旅人的愁思。南朝·齐·江孝嗣《北戍琅琊城》诗："薄暮苦羁愁，终朝伤旅食。"
⑦鞶帨：腰带和佩巾。汉·扬雄《法言·寡见》："今之学也，非独为之华藻也，又从而绣其鞶帨，恶在《老》不《老》也。"

⑧暖席：久坐而留有体温的坐席。指安坐闲居。《淮南子·修务训》："孔子无黔突，墨子无暖席。"
⑨眉寿：长寿。《诗·豳风·七月》："为此春酒，以介眉寿。"毛传："眉寿，豪眉也。"
⑩觞醳：酒。《文选·颜延之〈三月三日曲水诗序〉》："肴蔌芬藉，觞醳泛浮。"
⑪游夏：子游（言偃）与子夏（卜商）的并称。两人均为孔子学生，长于文学。见《论语·先进》。
⑫书堂石：堂石旅游景点位于翁源县三华镇罗江水即翁江上游之中，因晚唐诗人邵谒在此截髫悬门筑室攻书而得名。

浅解：

饶公因故无法与赵叔雍见面，甚为惋惜，对羁旅生活带来的愁苦感同身受。阐述读书人传经授典发愤读书的不易，但既然选择了道路，就要坚定不移地走下去，永不放弃。

简译： 新春迎接远方归人，回想王粲开辟之风。不想因事无法相见，寒冷碧空我独茫然。经历骇浪居室尚近，羁旅愁苦从早到晚。系佩巾带回忆当年，无处可以安坐闲居。长寿自古非常稀少，不如觞筹交错尽欢。传经有子游子夏在，风雨之夜稍稍安慰。春风从我东边吹来，且看邵谒筑室攻书。

大埔遁翁山居和石禅①

绕楼江水羡肥仁,词客今为陇亩②民。
望里山川成隔世,心中风雨暗悲春。
唤愁新变寒前草,觅句冥搜③劫后尘。
同为官梅④动诗兴,可怜王粲不归秦⑤。

注释:

①石禅:经亨颐(1877—1938),字子渊,号石禅晚号颐渊,浙江上虞人。我国近代教育家,书画家。光绪二十八年(1902)留学日本。回国参加筹建浙江官立两级师范学堂,辛亥革命后任校长,并兼任浙江省教育会会长。"五四"运动时期,鼓励支持爱国民主斗争,倡导新文化运动,大胆改革教育。因遭守旧势力排挤而离职。1925年参加国民革命,曾任国民政府常委、教育行政委员会委员、中山大学副校长。1930年被北平反蒋派推为中央党部组织部长,遂被南京国民党中央党部开除国民党党籍。
②陇亩:田地。《战国策·赵策四》:"昔者尧见舜于草茅之中,席陇亩而荫庇桑,阴移而授天下传。"
③冥搜:尽力寻找,搜集。晋·孙绰《游天台山赋》:"非夫远寄冥搜,笃信通神者,何肯遥想而存之。"
④官梅:官府所种的梅。唐·杜甫《和裴迪登蜀州东亭送客逢早梅相忆见寄》:"东阁官梅动诗兴,还如何逊在扬州。"
⑤王粲不归秦:见《叔雍归自南溟》④条注。

浅解:

此诗前厥描述了大埔的地理人文,由此引发对石禅历经磨难表示同情和痛惜,揭示人生真谛:人生而不同命,只能坦然面对,从容迎接挑战。

简译:江水绕楼仁人汇聚令人美慕,词人骚客如今成为田间农户。绵延山川竟让我们相隔一世,心中悲凉如同风雨交加之春。眼前孤冷之草唤起我的愁苦,劫难之后冥思苦想寻觅佳句。同样因官府之梅而诗兴大发,只可惜王粲有家而无法归回。

元日①和作

背人②桂恨隔年攀③，无雪春回惹鬓斑。
海雾积寒时砭骨④，瓶花劝影暂开颜。
竟非吾土悲流水，独在异乡怕看山。
似草青袍⑤仍此日，十年生意⑥寄萧闲。

注释：

①元日：正月初一。《书·舜典》："月正元日，舜格于文祖。"
②背人：避开别人。《红楼梦》第五八回："你只回去，背人悄悄问芳官就知道了。"
③桂恨隔年攀：唐·白居易《和郑方及第后秋归洛下闲居》："玉怜同匠琢，桂恨隔年攀。"谓恨不能与郑方同年登第也。此指不能与友人同庆春节。
④砭骨：刺骨。清·和邦额《夜谭随录·双髻道人》："一食顷，足已践地，开眼见白云满衣，罡风砭骨，盖已立五峰绝顶。"
⑤青袍：青色的袍子。亦借指寒士。唐·李商隐《泪》诗："朝来灞水桥边问，未抵青袍送玉珂。"
⑥生意：境遇。唐·杜甫《追酬故高蜀州人日见寄》诗序："老病怀旧，生意可知。"

浅解：

饶公在异乡过春节，思念远方亲友，感叹时光易逝，人生无奈。结尾处总结十几年来在他乡的生活：勤俭而潇洒悠闲。

简译：可惜无法与你共同欢庆，春回雨雪消融鬓发斑白。海边雾气积寒依旧刺骨，瓶中花影绽放艳丽色彩。不在故乡让我睹水悲生，独处异乡害怕放眼望山。青色袍子似草依旧如此，十年以来境遇潇洒悠闲。

和文擢

心斋①久欲废羔豚②，蔬菜真同馔玉③恩。
本味④先登宾客览，野芹难与俗人论。
十年朋旧花间老，万里海山竦处尊。
犹有春兰堪缉佩，喜闻篁竹⑤报添孙。

注释：

① 心斋：谓摒除杂念，使心境虚静纯一。《庄子·人间世》："回曰：'敢问心斋。'仲尼曰：'若一志。无听之以耳而听之以心，无听之以心而听之以气。耳止于听，心止于符。气也者，虚而待物者也。唯道集虚。虚者，心斋也。'"
② 羔豚：羊豚。苏东坡曾诗云："白菘似羔豚，冒土出熊蟠。"
③ 馔玉：珍美如玉的食品。语本《文选·左思〈吴都赋〉》："矜其宴居，则珠服玉馔。"
④ 本味：《本味篇》为《吕氏春秋》第14卷，记载了伊尹以"至味"说汤的故事。它的本义是说任用贤才，推行仁义之道可得天下成天子，享用人间所有美味佳肴。
⑤ 篁竹：竹丛。《汉书·严助传》："臣闻闽非有城郭邑里也，处溪谷之间，篁竹之中。"

浅解：

此诗借用"蔬菜"、"野芹"表达自己对简朴生活的向往，感慨人生易老，应当及时行乐，恬静淡然地生活。

简译：内心平静让我想要弃食羊豚，蔬菜真的是珍美如玉的食品。人间美味必须先让宾客享用，野芹之物难以世俗之人讨论。十年一晃旧朋好友花间老去，万里大海河流山川养尊竦峙。还有春天兰草可以伴随左右，惊喜闻见竹丛增添新芽嫩叶。

步栩厂集義山诗原韵送叔雍南归，偶读晋书袁宏传故及之。

走马真同鸜鹆①舞，劳生剩着蜉蝣②衣。比肩牛骥③宁言耻，入梦关山倘暂归。（石湖诗"梦里关山或暂归"。）独笑春风元落落④，低吟寒鹊故飞飞。隐鳞⑤卜祝⑥谁相问，千载从嗟识者稀。

注释：

① 鸜鹆：俗名是八哥。此指流浪天涯。
② 蜉蝣：虫名。幼虫生活在水中，成虫褐绿色，有四翅，生存期极短。比喻微小的生命。
③ 牛骥：牛和千里马。喻指愚人与贤者。唐·黄滔《代郑郎中上兴道郑相启》："信鹤鸡之果异，谅牛骥之终悬。"
④ 落落：连续不断的样子。
⑤ 隐鳞：神龙隐匿其鳞。比喻贤者待时而动。三国·魏·曹植《矫志》诗："仁虎匿爪，神龙隐鳞。"
⑥ 卜祝：专管占卜、祭祀的人。《文选·司马迁〈报任少卿书〉》："仆之先非有剖符丹书之功，文史星历近乎卜祝之间，固主上所戏弄，倡优所畜，流俗之所轻也。"

浅解：

此诗饶公感叹羁旅生活的艰辛，伯乐难寻的无奈。借古今贤者的困顿说出心中的郁结，望寻得赏识之人，实现自身的志向。

简译：走马观花如同八哥流浪飞舞，劳顿一生仅剩蜉蝣残衣披身。愚人贤者地位同等实属耻辱，梦中入关满足我们归回之愿。独自喜笑春风吹拂连绵不绝，寒冷季节乌鹊低吟游荡南飞。归隐山林占卜为生谁来询问，千年之间嗟叹者多而识贤者少。

印禅惠贶拟九龙山人写竹次韵

饱墨还含风雨湿,瘦枝才茁岁华新。
佳辞犹自清人①骨,老屋何妨结近邻。
摇梦江湖胸吐月,代耕②笔砚腕藏春。
多君一轴漫相赠,长物③从兹未厌贫。

注释:

①清人:纯洁的人。汉·刘向《〈关尹子〉序》:"寂士清人,能重爱黄老,清静不可阙。"
②代耕:指以某种职业或手段谋生,以代农耕所入。晋·潘岳《闲居赋序》:"于是览止足之分,庶浮云之志,筑室种树,逍遥自得,池沼足以渔钓,春税足以代耕。"
③长物:好的东西。清·富察敦崇《燕京岁时记·土地庙》:"市无长物,惟花厂鸽市差为可观。"

浅解:

　　此诗前部分对印禅法师赠画作了一番描绘,对其画饱墨、圆润、意象清新加以褒扬,后部分对友人馈赠表示感谢,表达自己获得画作的欣喜之情。

　　简译:饱墨之中蕴含风雨般的湿润,枯瘦枝叶茁壮初长年华更新。美好文辞犹如纯洁之人的骨气,何妨古旧屋中结识附近邻居。寄梦江山湖泊心中开阔豁达,笔砚代耕腕中洋溢春天气象。感谢印禅法师惠贶书画一幅,向来从不嫌弃此等美好物品。

次韵和棪斋读韩诗二首

黄鸟何交交①,睍睆②音逾好。
偶吟妇病行③,亦以交叶道④。
宫商津筏⑤存,且叩箧中宝⑥。
古人骨已朽,池塘泣秋草⑦。
揣情⑧异质文⑨,怀古伤远抱⑩。

　　棪斋饥退之以幽宵合韵,且云降及西汉,鱼侯虽合,鱼幽仍分。然检罗常培两汉韵谱,幽宵幽鱼幽之鱼合韵之例不一而足,知韩公盖依汉韵,不能以嗣宗之诗绳之。焉可轻议前人乎?

注释:

①黄鸟何交交:鸟鸣声。《诗·秦风·黄鸟》:"交交黄鸟,止于棘。"
②睍睆:形容鸟色美好或鸟声清和圆转貌。《诗·邶风·凯风》:"睍睆黄鸟,载好其音。"毛传:"睍睆,好貌。"
③妇病行:乐府古诗,属《相和歌辞·瑟调曲》。诗中通过一个病妇的家庭悲剧,描绘了汉代劳动人民在残酷的剥削压迫下,挣扎于死亡边缘的生活惨象。
④叶道:指叶(xié)韵,一作"谐韵"、"协韵"。诗韵术语。谓有些韵字如读本音,便与同诗其他韵脚不和,须改读某音,以协调声韵,故称。
⑤津筏:渡河的木筏。多比喻引导人们达到目的的门径。唐·韩愈《送文畅师北游》诗:"开张箧中宝,自可得津筏。"
⑥箧中宝:即各种典籍,意思是常去观览,可以引导人找到成功的门径。
⑦秋草:晚秋的杂草,枯败、枯萎,失去生力,与秋花并称。
⑧揣情:揣度情势。《鬼谷子·揣》:"揣情不审,不知隐匿变化之动静。"
⑨质文:实质内容与外在形式。汉·董仲舒《春秋繁露·玉杯》:"文著于质,质不居文,质文两备,然后其礼成。"
⑩远抱:远大的抱负。唐·韩愈《龊龊》诗:"大贤事业异,远抱非俗观。"

浅解：

　　此诗借李棪斋关于韩愈诗韵的评解表达了自己的看法，认为棪斋饥退之以幽宵合韵之观点不妥，告诫学者评注必须常去观览典籍，才能更加全面地了解作者的著作。

　　简译：黄鸟为何如此啼鸣，声清圆转嘹亮美好。偶尔吟诵《妇病行》曲，亦是为了熟识叶韵。宫商之音捷径仍存，常去观览各类典籍。古人之骨早已朽败，池塘泣别枯菱之草。揣度诗律异于文质，怀古感伤远大抱负。

　　韩卿①（陆厥字）与隐侯②，殊途终合道。气类③相推毂④，谟训⑤知常保。轻重⑥济艰难，唇吻⑦非潦草。思古俾无忧，吁嗟鬓毛老。莫讶南溪⑧粗，那逊西昆⑨好。

注释：

①韩卿：陆厥（472—499）南朝齐文学家。字韩卿，吴郡（今江苏苏州）人，陆闲长子。好属文，五言诗体甚新变，因父被杀悲恸而死。其文以《与沈约书》较有名。
②隐侯：南朝梁沈约的谥号。沈约字休文，善诗文，高祖受禅，为尚书仆射，封建昌县侯，邑千户。卒谥"隐侯"。
③气类：意气相投者。语本《易·乾》："同声相应，同气相求……则各从其类也。"
④推毂：荐举；援引。《南齐书·陆厥传》："永明末，盛为文章，吴兴沈约、陈郡谢朓、琅邪王融以气类相推毂。"
⑤谟训：谋略和训诲。《书·胤征》："圣有谟训，明征定保。"
⑥轻重：权衡；褒贬。汉·王充《论衡·定贤》："利害之贤，或不好士，不能为轻重，则众不归而士不附也。"
⑦唇吻：指口；嘴。汉·王充《论衡·率性》："扬唇吻之音，聒贤圣之耳。"
⑧南溪：指四川成都西郊的浣花溪，锦江的支流。唐·杜甫《汉川王大录事宅作》诗："南溪老病客，相见下肩舆。"
⑨西昆：指昆仑山。多借指仙境。南朝·梁·王僧孺《赠顾仓曹》诗："洛阳十二门，楼阙似西昆。"

浅解：

此诗进一步阐述了饶公要对李棪斋观点辩驳的原因，用陆厥、沈约二人相互荐举的典故，表达了饶公对棪斋的寄望，口舌之辩不能草率，要遵循古意才能合理的解释诗歌，这是研究诗歌最基本的要求。

简译：陆厥之于沈约二人，人生殊途最终同归。意气相投相互荐举，谋略训诲定国安家。权衡利害排除艰难，口舌之辩不能草率。遵循古意没有忧虑，哀叹鬓毛斑白衰老。莫要轻视南溪粗俗，哪里逊色昆仑仙境。

题锦堂蝶队图。时辛丑春暮,层楼挑灯,正雨横风狂时也。

一片韶光①带雾笼,枝枝叶叶舞回风②。
依人③漫问非吾土,结队还知认旧丛。
历劫缠绵④天亦老,多忧踯躅⑤意难同。
惊心啼鴂春将去,犹恋飞红⑥碧沼中。

注释:

①韶光:美好的时光,常指春光。南朝·梁简文帝《与慧琰法师书》:"五翳消空,韶光表节。"
②回风:旋风。《楚辞·九章·悲回风》:"悲回风之摇蕙兮,心冤结而内伤。"
③依人:谓与人亲近不离。清·金农《石间晓起将游洞阳山中》诗:"依人香草如湘曲,争旦清猿似峡中。"
④缠绵:纠缠。晋·陶潜《祭从弟敬远文》:"余尝学仕,缠绵人事。流浪无成,惧负素志。"
⑤踯躅:以足击地,顿足。《荀子·礼论》:"今夫大鸟兽,则失亡其群匹,越月逾时,则必反铅过故乡,则必徘徊焉,鸣号焉,踯躅焉,踟蹰焉,然后能去之也。"
⑥飞红:落花。宋·秦观《千秋岁》词:"日边清梦断,镜里朱颜改。春去也,飞红万点愁似海。"亦指落下的花。

浅解:

　　此诗为题画诗,饶公在赏画时恰巧风雨大作,将处境化入诗境画境之中。并利用画中蝶队之景隐喻自己身处异国他乡,经历人事纠缠的无奈。以春暮将尽暗示自己老之将至的感叹,犹如飞鸟惊心而啼鸣,自身依旧眷恋人世间一切美好的事物。

　　简译:一片春光笼罩雾气之中,枝枝叶叶摇曳旋风之中。与人亲近非在我国领土,结伴同行还识旧时树丛。经历人事纠缠天地也老,心中踯躅多忧情谊难同。春将逝去飞鸟惊心而啼,似乎依恋碧沼中的落花。

昂坪①二首

绝壁搜残字,(石壁有古雷纹刻石。)大风试浩诗,(大风坳为昂坪必经孔道。)山穷嫌树少,地迥得天多。野水青如染②,秋云薄似罗③。荒涂④犹未启,蓝缕⑤意如何。

注释:

①昂坪:位于香港新界大屿山西南部,凤凰山山腰之上,因为是香港观光景点之一的天坛大佛的所在地而广为人知。
②如染:如同染了颜色。
③似罗:似轻软有稀孔的丝织品。
④荒涂:为开拓的荒地。
⑤蓝缕:破旧的衣服。亦形容衣服破旧。蓝,通"褴"。《左传·宣公十二年》:"筚路蓝缕,以启山林。"

浅解:

饶公于昂坪游赏,搜寻旧时刻石,赋作浩气诗篇,感叹自然山色,即使心中劳苦,衣服破旧亦自在而逍遥。

简译:绝壁之上搜寻残字,大风坳中试赋诗篇。山势连绵不满树少,地面迥异彰显天阔。天然水流如染青绿,秋空云朵薄似罗绮。荒地还未开辟启用,衣服破旧意下如何。

客舍星河①近,宾鸿②报晚凉。
山行先得月,野望③更何乡。
暝色④分苍翠,林霏隐混茫。
此时足可惜,微露正沾裳。

注释:

①星河:银河。南朝·齐·张融《海赋》:"湍转则日月似惊,浪动而星河

如覆。"

②宾鸿：即鸿雁。南朝·梁元帝《言志赋》："闻宾鸿之夜飞，想过沛而霑衣。"

③野望：谓在野外远望。唐杜甫《野望》诗："跨马出郊时极目，不堪人事日萧条。"

④暝色：暮色；夜色。南朝·宋·谢灵运《石壁精舍还湖中作》诗："林壑敛暝色，云霞收夕霏。"

浅解：

此诗描绘了昂坪夜景，夜晚寒凉，星空璀璨，明月高照，林木隐迹，让人怜爱。

简译：客舍似银河相接，鸿雁告知夜晚寒凉。山中行走先睹明月，野外远望身处何乡。暮色降临苍翠山地，林木隐没混沌之境。此时足以令人怜惜，露水正在沾湿衣裳。

晓行

晨兴嫩日①渐成温，雾里看山独拥门。
不塞不流林外涧，自来自去岭头云。
眼前拳石②安危系，舌本③清泉冷暖分。
聊欲题诗当棒喝④，无花法雨⑤已纷纷。

注释：

①嫩日：指初出的太阳。《剪灯馀话·秋千会记》："嫩日舒晴，韶光艳，碧天新霁。"

②拳石：小石块。宋·陆游《老学庵笔记》卷七："剑门关皆石无寸土，潼关皆土无拳石。"

③舌本：舌根；舌头。《晋书·殷仲堪传》："每云三日不读《道德经》，便觉舌本间强。"

④棒喝：佛教禅宗用语。禅师接待初机学人，对其所问，不用言语答复，或以棒打，或以口喝，以验知其根机的利钝，叫"棒喝"。相传棒的使用，始于德山宣鉴与黄檗希运；喝的使用，始于临济义玄，故有"德山棒、临济喝"之称。以后禅师多棒喝交施，无非借此促使人觉悟。宋·王安石《答张奉议》诗："思量何物堪酬对，棒喝如今揔不亲。"

⑤法雨：佛教语。喻佛法。佛法普度众生，如雨之润泽万物，故称。《法华经·化城喻品》："普雨大法雨，度无量众生。"

浅解：

清晨山中雾气萦绕，流水平缓，使饶公享受到了欢乐与惬意，感叹自然的大爱精神，引起普度众生的觉悟。

简译：清晨初阳普照万物回暖，独以门户透过雾气望山。林外涧水平静缓缓流逝，自山岭云端处自由流淌。眼前石头关系我的安危，舌根能够分辨清泉冷暖。想要题诗当作棒喝顿悟，无花法雨纷纷润泽万物。

下山

回头寻日径，隐约在云端。
探手①知天近，悬车②行地难。
望中林接海，意外酒翻澜③。
却念泥途④际，雨风胆已寒。

（前度下山，值流潦陡涨，途中困于风雨。追思犹有余悸。）

注释：

①探手：伸手。元·李寿卿《伍员吹箫》第三折："我则待探手儿把你活擒拏。"
②悬车：形容险阻。唐·杜甫·《提封》诗："借问悬车守，何如俭德临。"
③翻澜：波澜翻卷。唐·李贺《巫山高》诗："碧丛丛，高插天，大江翻澜神曳烟。"
④泥途：泥泞的道路。《六韬·励军》："出隘塞，犯泥涂，将必先下步。"

浅解：

此诗回顾了饶公下山偶遇风雨的感触，道路泥泞，归路难寻，令他心有余悸。

简译：回头下山久寻归路，隐约难觅似在云端。伸手可知接近天际，山路险阻行路艰难。放眼望去林木接海，料想不到波澜翻卷。念眼前这泥泞之路，风雨大作胆已寒凉。

梅窝道中

此去梅窝近，人归傍午①天。
沙黄矶②似铁，浪白海为田。
短树难成阵，秋风且趁船③。
江山方待汝，囊括④入诗篇。

注释：

①傍午：临近正午。元·张宪《端午词》："五色灵钱傍午烧，彩胜金花贴鼓腰。"
②矶：突出江边的岩石或小石山。
③趁船：追逐船只。宋·范成大《携家石湖赏拒霜》诗："水上晴云丝蛛横，许多蜂蝶趁船行。"
④囊括：包罗；包含。汉·扬雄《羽猎赋》："野尽山穷，囊括其雌雄。"

浅解：

梅窝道中，饶公沿途观景畅想，河中沙黄石坚，波涛汹涌，林木稀疏，风逐河船，美好佳景令其诗兴大发。

简译：此地距离梅窝很近，我们临近中午走回。沙子黄赤岩石似铁，波涛汹涌大海成田。矮树难以汇成阵列，秋风姑且追逐船只。江山正待你的到来，全部包罗进入诗篇。

华严泷①放歌次青莲②将进酒韵

　　江户东南亚学会召开，余与德坤伉俪荆和志仁令杨皆与焉。白鸟芳郎教授挚友村田晴彦校长款余等居多摩川，礼遇周至。复约为日光之游。初入谷大雾，红叶满山，经雨有向荣之意。既陟岭，潭水㴋然，冲涛旋濑，悄怆幽邃，寒入肌骨。至中禅寺而北风飘雪。一日之中而四时具。恨难以穷其状，乃作画附书华严泷歌以贻村田先生，俾作永念，愧未能得其大略也。甲寅冬选堂识。

　　莫问华严泷从何处来，只笑如入宝山空手回。同游长者几华发，浪花时乱鬓间雪。仲尼③不用叹逝川，太白还须捞海月。欲辨涅槃④何滋味，请试山中活水来。俯瞰九州如礨空⑤，遥想昆阆⑥似覆杯。山容澹，太瘦生。木叶脱，飘未停。逐流可到海，吟句更谁听。相忘道术游方外，使酒如渑不愿醒。荒山才悟天地始，芸芸众物皆无名。且从象教⑦分至乐，暂掷浮生资笑谑。（资通恣，见秦刻石。）看看瀑流无已时，惟有狂歌劝清酌。天欲雪，正须裘。许我新诗换美酒，主客同销万斛⑧愁。

注释：

①华严泷：位于枥木县日光市的华严泷被称为日本三大瀑布之一。传说发现者胜道上人，依据佛教经典《华严经》给瀑布进行了命名。
②青莲：唐·李白。
③仲尼：孔子的字。孔子名丘，春秋鲁国人。《庄子·人间世》："颜回见仲尼，请行。"
④涅槃：佛教语。梵语的音译。旧译"泥亘"、"泥洹"。意译"灭"、"灭度"、"寂灭"、"圆寂"等。是佛教全部修习所要达到的最高理想，一般指熄灭生死轮回后的境界。晋·僧肇《涅槃无名论》："涅槃之道，盖是三乘之所归，方等之渊府。"
⑤礨空：蚁穴。一说，小洞。《庄子·秋水》："计四海之在天地之间也，不

似暑空之在大泽乎?"

⑥昆阆：指昆仑山上的阆苑，传说中神仙所居之地。南朝·宋·鲍照《舞鹤赋》："指蓬壶而翻翰，望昆阆以扬音。"

⑦象教：释迦牟尼离世，诸大弟子想慕不已，刻木为佛，以形象教人，故称佛教为象教。南朝·梁·元帝《内典碑铭集林序》："象教东流，化行南国。"

⑧万斛：极言容量之多。古代以十斗为一斛，南宋末年改为五斗。唐·杜甫《夔州歌》之七："蜀麻吴盐自古通，万斛之舟行若风。"

浅解：

饶公于华严泷瀑布游赏，极力将其"一日之中而四时具"的特征描绘出来，并抒发自己的感慨，运用佛理领悟自然真味，消解心中之愁苦。

简译：莫要询问华严泷何处来，只笑如入宝山空手而回。同游之人白发苍苍，浪花鼓风吹乱鬓发。孔夫子不用伤感逝流，李太白还须投江捞月。想要分辨涅槃真味，请试山中江流活水。俯瞰九州大地如一小洞，遥想昆仑阆苑似翻扣杯。山中安然恬静，让人枯骨消瘦。树木枝叶脱落，飘零未曾停却。随波逐流可抵达大海，吟咏诗歌谁愿意聆听。方外修行忘却彼此，酒如渑水不愿醒来。荒山顿悟天地起始，芸芸众生皆无名分。佛教道义寻找至乐，暂时抛却人世戏谑。眼前瀑流没有休止，唯托诗歌对饮小酌。天要下雪，正须裘衣。容我赋作新诗换美酒，主人客人同销万斛之愁。

徐福①墓

不死奇方②自子虚③，求仙反说是仙馀，岛人若问谁营墓，请读黄州所献书。

扶桑俗讹有徐福墓，国人有信为真者。考王禹偁黄州小畜集卷十四录海人书，谓秦末有海岛夷人上书诣阙者云："天子使徐福求仙，戴而至此，童男丱女，即吾辈也。夫徐福，妖诞之人也，知神仙之不可求也，蓬莱之不可寻也，至是而作终焉之计。"有后序云："此书献时，盖秦已乱而不得上达，故史记阙焉。余因收而录之，以示于后。"

注释：

① 徐福：即徐市，字君房，齐地琅琊（今江苏赣榆）人，秦著名方士。
② 奇方：奇妙的丹方。《史记·封禅书》："齐人之上疏言神怪奇方者以万数，然无验者。"
③ 子虚：汉·司马相如作《子虚赋》，假托子虚、乌有先生、亡是公三人互相问答。后因称虚构或不真实的事为"子虚"。

浅解：

此诗既对日本是否有徐福墓做了辩解，又对徐福求仙之事做了评价，简单却又深刻。

简译：不死灵丹妙药源于虚构，求仙问道反说自己是仙，岛人如问起谁筑此墓地，请读黄州王禹偁之书卷。

谢霖灿惠摩些①文书并墨竹次李白仙诗韵

青山披绿雪,令我视茫茫。
栽竹因折梅②,岂不思元章③。
架上摩些书,篆势④飞鸾翔。
奥旨惟君问,纬缅⑤纷难量。
露珠勤拂拭,草木想辉煌。
大荒⑥分异景,藏之灵坛⑦房。
化为两三竿,绕屋清气凉。
饮我芥中茶⑧,静女⑨俨道妆⑩。
吐纳得朝霞,月霁而风光。
忽睹仙人篇⑪,愧贻明月珰⑫。
报诗犹觌面⑬,语笑挹丛香。

注释:

①摩些:"摩些"是对纳西族先民的称呼,由于汉文音译用字的不同,又写作"末些"、"摩娑"、"么些"、"摩(此夕)"、"摩梭"。
②折梅:南朝陆凯曾寄范晔诗一首,梅一枝,两人为好友因事分别,两地相隔。诗句写道:"折花逢驿使,寄与陇头人。江南无所有,聊赠一枝春。"这将南国的梅花寄于北国的好友,是情意的纯洁坚贞。
③元章:米芾,字元章,号襄阳居士、海岳山人等。中国北宋书法家,画家,书画理论家。
④篆势:篆书的形体气势。清·恽敬《张皋文墓志铭》:"(张皋文)尝曰:'少温言篆书如铁石陷入屋壁,此最精。晋书篆势,是晋人语,非蔡中郎语也。'"
⑤纬缅:乖戾,相异不合。《楚辞·离骚》:"纷匆匆其离合兮,忽纬缅其难迁。"
⑥大荒:荒远的地方;边远地区。《山海经·大荒东经》:"东海之外,大荒之中,有山名曰大言,日月所出。"

⑦灵坛：祭坛。《汉书·武帝纪》："朕躬祭后土地祇，见光集于灵坛，一夜三烛。"

⑧岕中：先为"吴中所贵"，成为明清二朝时贡茶，被誉为茶中极品。

⑨静女：娴静的女子。《诗·邶风·静女》："静女其姝，俟我于城隅。"

⑩道妆：即"道装"。道教徒或佛教徒的装束和打扮。宋·苏轼《次韵许遵》："蒜山渡口挽归舻，朱雀桥边看道装。"

⑪仙人篇：魏·曹植所作杂曲歌辞。这种游仙题材在曹植诗中为数不少，他其实不信神仙，只是借此排解自己受压抑的苦闷。

⑫明月珰：明月珠（夜光珠）串成的耳饰、即明珰。出处《玉台新咏·古诗为焦仲卿妻作》："耳著明月珰。"

⑬觌面：当面；迎面；见面。宋·陆游《前诗感慨颇深犹吾前日之言也明日读而悔之乃复作此然亦未能超然物外也》诗："世人欲觅何由得，觌面相逢唤不应。"

浅解：

　　此诗借墨竹咏摩些文书，答谢友人赠书之情，诗中衬托出饶公心中如竹般的高洁脱俗之品，向往独立自主之精神追求。

　　简译：万里青山披盖绿雪，令我眼前迷茫不清。栽种竹林因折梅花，思念当年元章笔意。书架之上摩些文书，篆书气势如鸾飞翔。其中奥义惟可问君，与我乖戾其意难移。露珠沾衣经常拂拭，草木人生自有年华。荒远之地景色迥异，神圣祭坛藏于其中。愿意化作两三竿竹，环绕屋前神清气爽。饮我杯中极品岕茶，娴静女子身着道装。朝霞之中呼吸吐纳，月色澄朗风光无限。忽然看到《仙人篇》辞，惭愧接受明月珠饰。迎面赋作诗歌相赠，笑语之中夹杂竹香。

后饮酒十首和方密之①用陶公韵

密之此诗,仅见流离草,世间罕觏,不避续貂之诮,和之亦聊志向往之私而已。

楚冢发奇书,先德而后道②。
韩非③岂解此,徒然作喻老④。
几人身佩玉,而心如木槁。
天末⑤残云飞,卷舒意自好。
苍翠满空林,伫兴⑥以为宝。
秀色落吾诗,有怀出系表⑦。

注释:

①方密之:方以智(1611—1671),字密之,安徽桐城人。崇祯进士,明末清初思想家、科学家。方以智对经学、天文、地理、历史、物理、生物、医药、文学、音韵、书画等都有研究,著作甚丰,现存有二百八十八种之多。

②先德而后道:出自老子《道德经》。

③韩非:(约公元前281—公元前233),为韩国公子(即国君之子),汉族,战国末期韩国人(今河南省新郑)。师从荀子,是中国古代著名的哲学家、思想家、政论家和散文家,法家思想的集大成者,后世称"韩子"或"韩非子",中国古代著名法家思想的代表人物。

④喻老:韩非子《喻老》篇在短篇幅中,用二十五则历史故事和民间传说分别解释了《老子》十二章,其中《德经》八章、《道经》四章,使《老子》抽象的哲学思想有了具体可感的呈现,在中国哲学史和训诂学史上起着发凡起例的作用,同时也使他的刑名法术之学有了比较精深的理论凭借。

⑤天末:天的尽头。指极远的地方。汉·张衡《东京赋》:"眇天末以远期,规万世而大摹。"

⑥伫兴:谓蓄积感情。

⑦系表：谓言辞之外。北周·庾信《哀江南赋》："声超于系表，道高于河上。"

浅解：

　　此诗前阕着重阐述老子《道德经》的真正旨意：先德而后道。认为先有品德后有正义才是最符合老子的思想，也并非韩非子《喻老》所指。后阕描写楚地自然风光，抒发自然旨趣。

　　简译：楚地墓穴发掘奇书，先有品德后有正义。韩非岂解其中道义，徒然赋作《喻老》篇章。有多少人身佩美玉，内心如同干枯之木。天之尽头片云飘飞，卷缩伸展自然恣意。空旷林际苍翠挺拔，蓄积情感以此为宝。将此秀色化入吾诗，感怀超出言辞之外。

　　　　　　早识东西均①，会通②此其时。
　　　　　　循理宁好异，体要③谁正辞④。
　　　　　　一往古今情，逝者忽如兹。
　　　　　　掩卷⑤兴遐思，梦阑起然疑。
　　　　　　败叶亦有庐，木立⑥自不欺。
　　　　　　茫然观我生，吾道竟何之。

注释：

①东西均：中国明清之际思想家方以智的哲学著作。撰于清顺治九年（1652）前后，代表作者后期思想。全书除《开章》及《记》以外，有《扩信》、《三征》、《反因》、《颠倒》、《全编》、《张弛》、《象数》、《所以》等26篇，约10余万字。关于"东西均"之名，《开章》作了解释："均者，造瓦之具，旋转者也"，"乐有均钟木"，"均固合形、声两端之物也，古呼均为'东西'，至今犹然"。意为旋转的陶钧、调节乐器的均钟木乃至一切事物都是对立两端的统一。方以智认为东西、华梵之学也应经"烹""煮"而"合一"。主张"以禅激理学，以理学激禅，以老救释，以释救老"，把儒、释、老融会贯通，"今而后，儒之，释之，老之，皆不任受也，皆不阂受也"。

②会通：融会贯通。南朝·梁·刘勰《文心雕龙·物色》："古来辞人，异代

接武，莫不参伍以相变，因革以为功，物色尽而情有余者，晓会通也。"
③体要：领悟要旨。晋·葛洪《抱朴子·微旨》："凡养生者，欲令多闻而体要，博见而善择，偏修一事，不足必赖也。"
④正辞：端正言辞。《易·系辞下》："理财正辞，禁民为非，曰义。"
⑤掩卷：合上书本。多为阅读中有所感触的举动。《北史·刘献之传》："（献之）见名法之言，掩卷而笑曰：'若使杨墨之流，不为此书，千载谁知其小也。'"
⑥木立：呆立，失神站立。清·蒲松龄《聊斋志异·画壁》："（朱孝廉）遂飘忽自壁而下，灰心木立，目瞪足耎。"

浅解：

此诗阐述自己对方密之《东西均》的理解，其中蕴含对"道"似懂非懂的解释，其实正是对"道"的最好诠释。

简译：早就知道《东西均》书，融会贯通要在此时。遵循规律标新立异，谁能会意端正言辞。昔人已去古今留情，逝去的人皆是如此。合上书卷悠远思索，梦阑酒醒萌生疑问。败叶亦有栖息之处，失神站立心不自欺。茫然体察自己一生，我的道义是什么呢？

心竞水长流，何处非人境①。蒙庄②那可炮，一睡亦须醒。群经已粪溺，精义无人领。翻然③可无惭，惟有此毛颖④。（见密之象环寱记。）心苗⑤养其诚，虎变看文炳⑥。

注释：

①人境：尘世；人所居止的地方。晋·陶潜《饮酒》诗之五："结庐在人境，而无车马喧。"
②蒙庄：即庄子。
③翻然：迅速转变貌。汉·陈琳《檄吴将校部曲文》："若能翻然大举，建立元勋，以应显禄，福之上也。"
④毛颖：毛笔的别称。因唐韩愈作寓言《毛颖传》以笔拟人，而得此称。此指著作。
⑤心苗：心，内心。清·金农《石间晓起将游洞阳山中》诗："眼界明来千

嶂失，心苗开处九关通。"

⑥虎变看文炳：虎变，虎皮的花纹斑斓多彩。比喻因时制宜，革新创制，斐然可观。文炳，其文彪炳。《易·革》："九五。大人虎变，未占有孚。象曰：大人虎变，其文炳也。"

浅解：

  此诗对方密之著作的继承性和开创性甚为佩服，对方密之为传统经典进行阐述表示感激，认为"翻然可无惭，惟有此毛颖。"且"虎变看文炳。"

  简译：心逐流水向东而流，哪里不是人居之地。庄周思想无法炮制，一觉睡下还须醒来。经史典籍早已埋没，精华奥义无人领悟。转变现状问心无愧，惟有前人此等著作。修身养性真诚相待，有似虎变其文彪炳。

此岛绕波涛，飘风偶一至。
枯藤撼且坠，苍天呼岂醉。
终当待其定，山海休造次①。
立此不易方，乱流②安足贵。
何处冀州③原，沙棠④含至味。

注释：

①造次：仓猝；匆忙。《论语·里仁》："君子无终食之间违仁，造次必于是，颠沛必于是。"

②乱流：放纵恣行。《楚辞·离骚》："固乱流其鲜终兮，浞又贪夫厥家。"

③冀州：古代称中原地区。《楚辞·九歌·云中君》："览冀州兮有余，横四海兮焉穷？"

④沙棠：木名。木材可造船，果实可食。此指这种植物的果实。南朝·宋·傅亮《芙蓉赋》："岂呈芬于芷蕙，将越味于沙棠。"

浅解：

  此诗借风吹欲坠的枯藤代指年老羁旅生活的饶公，指出在异乡安居并且保持放纵恣行实在宝贵，体现了饶公豁达的心态和独立的精神风貌。

  简译：波涛环绕岛屿周围，风儿偶尔莅临此地。枯老藤蔓撼动欲坠，上天以为它们买醉。应当等待风停站定，山海莫要匆忙轻率。在此地方不易安居，放纵恣行难能可贵。哪里才是中原地区？沙棠自是人间美味。

    文者天地心，得此心可宅。
    闭眼思去来①，隙驰终无迹。
    结念②在王者③，兴起须五百。
    汉后阅千年，史传尚空白。
    青简④几成灰，黄卷⑤宜珍惜。

注释：

①去来：佛教语。指过去、未来。宋·范成大《二偈呈似寿老》诗："法法刹那无住，云何见在去来。"
②结念：念念不忘。南朝·宋·谢灵运《石门新营所住四面高山回溪石濑修竹茂林》诗："结念属霄汉，孤景莫与谖。"
③王者：指同类中之特出而无与伦比者。宋·欧阳修《渔家傲》词："颜色清新香脱洒。堪长价，牡丹怎得称王者！"
④青简：借指竹简，史书。《南齐书·豫章文献王嶷传》："虽复青简缔芳，未若玉石之不朽。"
⑤黄卷：书籍。晋·葛洪《抱朴子·疾谬》："杂碎故事，盖是穷巷诸生，章句之士，吟咏而向枯简，匍匐以守黄卷者所宜识。"

浅解：

  饶公重视文章著作，并对历史经典书籍遭到毁坏以及研究著作无法继承前代感到痛惜。

  简译：文者感受天地至理，获得此态心可安顿。闭眼思考过去未来，白驹过隙无迹可寻。出类拔萃才有信念，繁荣兴盛须五百年。汉代以后一千多年，史籍经传尚且空白。青简史书消失殆尽，黄卷文书值得珍惜。

    声气①终不坏，（密之有此说。）中和②良可经。其说非耳食③，其理岂目成④。自从衰周来，世代纷屡更。割据如蛮触⑤，各自分门庭。一朝敞神界⑥，百家忍罢鸣。品物既流形⑦，庶得苍生情。

注释：

①声气：交流传递文学信息。《明史·于玉立传》："海内建言废锢诸臣，咸以东林为归。玉立与通声气，东林名益盛。"

②中和：中庸之道的主要内涵。儒家认为能"致中和"，则天地万物均能各得其所，达于和谐境界。《礼记·中庸》："喜怒哀乐之未发谓之中，发而皆中节谓之和；中也者，天下之大本也，和也者，天下之达道也。致中和，天地位焉，万物育焉。"

③耳食：谓不加省察，徒信传闻。《史记·六国年表序》："学者牵于所闻，见秦在帝位日浅，不察其终始，因举而笑之，不敢道，此与以耳食无异。"司马贞索隐："言俗学浅识，举而笑秦，此犹耳食不能知味也。"

④目成：眼见。明·宋应星《〈天工开物〉序》："事物而既万矣，必待口授目成而后识之，其与几何？"

⑤蛮触：《庄子·则阳》："有国于蜗之左角者，曰触氏；有国于蜗之右角者，曰蛮氏。时相与争地而战，伏尸数万，逐北，旬有五日而后反。"后以"蛮触"为典，常以喻指为小事而争斗者。

⑥一朝敞神界：晋·陶潜《桃花源诗》："奇踪隐五百，一朝敞神界。"

⑦品物既流形：繁育万物，赋予形体。《易·乾》："云行雨施，品物流形。"

浅解：

历史中战乱频繁，如果没有有志之士对文艺财产的保护，后果将是不可设想的，对方密之在文艺交流方面的贡献饶公甚为感激。

简译：交流文艺终未破坏，和谐境界可以传承。他的学说并非传闻，所说道理岂止眼见。自周王朝衰亡以来，世代纷纷变革接替。分割占据明争暗斗，自立门户各自为政。敞开神仙般的境界，诸子百家克制性情。繁育万物赋予形体，但愿怜惜苍生之情。

毫末①看此身，高台起悲风。诗成觉句繁，尽在续貂中。作述诚多事，咫尺意难通。太虚②如可括，何叹彀无弓③。

注释：

①毫末：毫毛的末端。比喻极其细微。《老子》："合抱之木，生于毫末；九层之台，起于累土。"
②太虚：谓宇宙。南朝·梁·沈约《均圣论》："我之所久，莫过轩羲；而天地之在彼太虚，犹轩羲之在彼天地。"
③弢无弓：弢，弓袋。《国语·齐语》："弢无弓。"

浅解：

此诗饶公审视自身，对自己无法达到理想状态感到无奈，亦对世代不行文道表示愤慨。

简译：下笔细微审视我辈，高楼之上寒风四起。诗歌赋成觉句繁缛，狗尾续貂不足称道。努力著述实属多余，理想境界无法企及。宇宙如可包罗万象，为何感叹弓袋无弓。

求理譬罻罗①，高翔那易得。
衰柳蔽秋阳，寒气使人惑。
苍然俯平楚②，川途有通塞③。
白云遥可念，招我到江国。
独鹤下荒原，群鸦正嘿嘿。

注释：

①罻罗：捕鸟的网。《礼记·王制》："鸠化为鹰，然后设罻罗。"
②平楚：犹平野。宋·文天祥《汶阳道中》诗："平楚渺四极，雪风迷远天。"
③通塞：通畅与阻塞。唐·杜甫《归梦》诗："道路时通塞，江山日寂寥。"

浅解：

追求至理，保持独立之精神，所谓高处不胜寒，需要按捺住寂寞，绝非易事，此即为此诗阐述的道理。

简译：追求至理如同撒网，想要高飞绝非易事。羸弱之柳遮蔽秋阳，寒冷气息使人困惑。苍然俯瞰旷野之地，道路有通畅有阻塞。遥想远在天际之云，招邀我们返回江南。离群之鹤荒原飘飞，眼见群鸦嬉戏玩闹。

端坐飞清寒①，六十羞一仕。
离彼春草外，青山即知己。
泛泛弄江凫，沦逸②非可耻。
玉瑟试弹秋，锵然思甫里。
绿窗呵秃笔③，洪荒犹可纪。
莫嗟着叶迟，盘根足栖止。
微光参最灵，孤灯堪长侍。

注释：

①清寒：清朗而有寒意。宋·苏轼《阳关词·中秋月》："暮云收尽溢清寒，银汉无声转玉盘。"
②沦逸：失落。《宋书·律历志下》："夏殷以前，载籍沦逸。"
③秃笔：笔尖脱毛而不合用的毛笔。自谦称写作能力不高明。明·李贽《读史·曹公一》："况沈谢引短推长，僧虔秃笔自免，孝标空续《辨命》哉？"

浅解：

此诗表达饶公向往隐逸生活，远离仕途的思想感情，塑造出超尘脱俗的意境。

简译：端坐渐入晴朗之境，六十岁后不登仕途。离开尘世春草之地，青山绿水即是知己。随波逐流如同水鸟，困顿失落并不可耻。弹奏玉瑟体悟秋意，铿锵声中思念家乡。户牖之中想要创作，混沌蒙昧犹可记录。莫要嗟叹着叶太迟，落地盘根足以栖息。

伯玉①师彼愚，（密之号愚者。）栗里②证吾真。缅焉山水窟③，且赏画中淳。槛外纷喧搅，众卉巧竞新。智与谩相成，六译④溯先秦。回首望远郊，而多车马尘。耕获⑤亦云劳，民生固在勤。不饮

且如醉，独与云水亲。千山无近远，叠叠有关津⑥。地动复天回，斜日漫沾巾⑦。混沌久凿窍⑧，宁有羲皇⑨人。

注释：

①伯玉：名瓒，桐城人，明万历进士，授都水主事，后迁江西左参政，著有《泉河史》、《禹贡备遗增注》。

②栗里：地名。在今江西省九江市西南。晋陶潜曾居于此。此借指陶潜。南朝·梁·萧统《陶靖节传》："渊明尝往庐山，弘命渊明故人庞通之赍酒具于半道栗里之间。"

③山水窟：风景佳胜之处。宋·苏轼《将之湖州戏赠莘老》诗："馀杭自是山水窟，侧闻吴兴更清绝。"

④六译：廖平（1852—1932），四川井研县青阳乡盐井湾人（今四川乐山）。初名登廷，字旭陵，号四益；继改字季平，改号四译；晚年更号为六译。这些名号的更改，反映了他的思想和经学的变化过程。他一生研治经学，做出了超越前人的学术贡献，著述了融合古今中西各种学说，创立富有时代特色的经学理论体系，他是中国近代最著名的经学大师，在中国近代学术界占有极其重要的地位。

⑤耕获：耕种与收获。《易·无妄》："不耕获，不菑畬，则利有攸往。"

⑥关津：水陆要道的关卡。《汉书·王莽传中》："吏民出入，持布钱以副符传，不持者，厨传勿舍，关津苛留。"

⑦沾巾：沾湿手巾。形容落泪之多。汉·张衡《四愁诗》："我所思兮在雁门，欲往从之雪纷纷，侧身北望涕沾巾。"

⑧凿窍：指开通七窍。语本《庄子·应帝王》："南海之帝为倏，北海之帝为忽，中央之帝为混沌。倏与忽时相与遇于混沌之地，混沌待之甚善。倏与忽谋报混沌之德，曰：'人皆有七窍，以视听食息，此独无有，尝试凿之。'日凿一窍，七日而混沌死。"

⑨羲皇：即伏羲氏。《文选·扬雄〈剧秦美新〉》："厥有云者，上罔显于羲皇。"

浅解：

此诗前阕表达了对陶渊明人品和理想的仰慕之情，向往陶渊明的那种恬淡、闲逸、人与自然合一的那种隐逸的生活境界。后阕表达对有开创之功的先贤的敬仰和赞赏之情。

简译：伯玉以方密之为师，栗里陶潜证吾真意。怀念风景佳胜之处，欣赏画中淳厚之风。栏杆以外纷扰喧嚣，花朵争相献巧绽放。智慧谩辞相辅相成，六译经学追溯先秦。回头眺望城邑之外，尘土飞扬车马不绝。耕种收获如此辛劳，民生根本在于勤苦。没有饮酒却有醉意，唯独偏爱白云山水。千山连绵由近及远，重重叠叠关卡林立。地动天惊变化无常，夕阳西下令我泪落。混沌之地开通七窍，需有伏羲之人引领。